DANTHRAKÔN

LE GRIMOIRE GLOUTON

Scénario Christophe Arleston
Dessins Olivier Boiscommun
Couleurs Claude Guth

DRAKOO

LE MARCHÉ DE KOMPIAM NE FERME JAMAIS COMPLÈTEMENT : DE JOUR COMME DE NUIT, ON Y TROUVE TOUT CE QUI PEUT ÊTRE FAÇONNÉ, TISSÉ, FORGÉ, CUEILLI, CHASSÉ OU FERMENTÉ JUSQU'À UN DEGRÉ D'ALCOOL SUFFISANT.
LES PREMIERS CLIENTS DU MATIN SONT LES CHEFS CUISINIERS DES PALAIS ET LEURS COMMIS.
OH, DES FLEUROTTES FRAÎCHES !
PÊCHÉES DE CETTE NUIT, CHEF RUMBOPÖH.
CRUCH
DÉLICHIEUX.
TU M'EN METS DIX LIVRES.
HUMPF
BON POIDS !
DU JARRET, NUWAN ! IL Y A QUELQUES VOLÉES D'ESCALIERS À REMONTER ! C'EST COMME ÇA QU'ON APPREND LE MÉTIER !
674 MARCHES EXACTEMENT...
ARRÊTEZ-LE !
SHBROFF

NON, NON...
GNÉÉÉ !
THOMP THOMP
THOMP THOMP
ON LE TIENT !
AMUTU !
À GENOUX, HÉRÉSIARQUE !
VITE VITE, ÇA VA MAL FINIR !
RRHHHHHH...
?

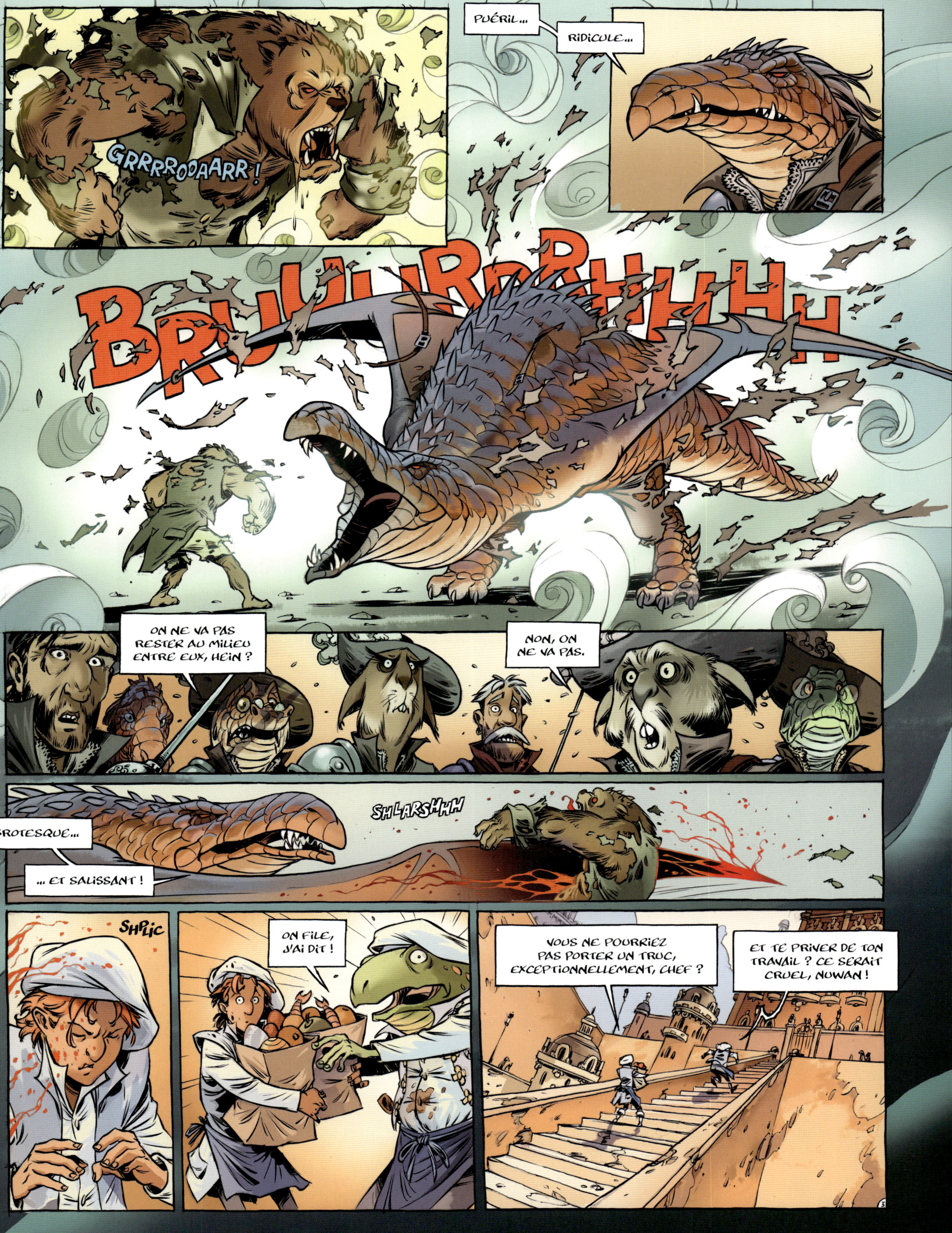
GRRRROOAARR !
PUÉRIL...
RIDICULE...
BRUUUURRRHHHHH
ON NE VA PAS RESTER AU MILIEU ENTRE EUX, HEIN ?
NON, ON NE VA PAS.
GROTESQUE...
SHLARSHHH
... ET SALISSANT !
SHPLIC
ON FILE, J'AI DIT !
VOUS NE POURRIEZ PAS PORTER UN TRUC, EXCEPTIONNELLEMENT, CHEF ?
ET TE PRIVER DE TON TRAVAIL ? CE SERAIT CRUEL, NOWAN !

ÇA FAISAIT 239 786 MARCHES, C'EST-À-DIRE DEUX MOIS, QUE NUWAN ÉTAIT MARMITON POUR LA DEMEURE DU MAGE WAÏWO.
LE CHEF RUMBOPÖH ET LUI DEVAIENT NOURRIR QUOTIDIENNEMENT LE MAÎTRE, SES TROIS ÉLÈVES, TOUT LE PERSONNEL...
TROP LOURD ! TOUS CES GENS MANGENT BEAUCOUP TROP.
BONJOUR, NUWAN ! TU VEUX DE L'AIDE ?
OH ! EUH... BONJOUR, LERËH !
ALLEZ, ENVOIE UN SAC !
OH NON, PAS LA PEINE !
C'EST PRESQUE PAS LOURD.
TU ES SÛR ?
CERTAIN. HOP HOP. ET PUIS ON EST BIENTÔT ARRIVÉS, HEIN !
OH SÛR, ON A BIEN DÉPASSÉ LE PREMIER TIERS, FACILE.
TU AS VU CE QUI S'EST PASSÉ EN BAS AVEC LE BURSUS POURSUIVI ?

OUI, C'ÉTAIT AFFREUX. TOUT CE SANG...
ILS ONT UTILISÉ DE LA MAGIE ? POUR SE TRANSFORMER ? C'EST ÇA ?
OUI, C'EST LA MAGIE BESTIALE DU SANG, ELLE EST INTERDITE. MAÎTRE WAÏWO NOUS A RECOMMANDÉ DE NE JAMAIS NOUS EN APPROCHER.
MAIS... LE NABIRE QUI COMMANDAIT AUX GARDES, IL S'EST TRANSFORMÉ AUSSI !
ON NE PEUT PAS CONTRER CETTE MAGIE SANS L'UTILISER SOI-MÊME.
BIN MOI, IL M'A DONNÉ DES FRISSONS DANS LE DOS, CE TYPE !
C'EST L'INQUISITEUR AMUTU. IL EST IMPITOYABLE.
DITES DONC, JEUNE FILLE ! ARRÊTEZ DE DISTRAIRE MON MARMITON, IL LAMBINE !
LE CUISINIER A RAISON, LERËH. NOUS AUTRES ÉTUDIANTS NE DEVONS PAS FRAYER AVEC LE PERSONNEL DE BASSE EXTRACTION.
TON OPINION NE M'INTÉRESSE PAS, DIDORE.
ET SACHE PAR AILLEURS QUE NUWAN EST MON ÉLÈVE.
ET QUE LUI APPRENDS-TU ? PAS À SE TENIR À SA PLACE, EN TOUT CAS !
JE VEUX POUVOIR LIRE ET ÉCRIRE. PUIS ÉTUDIER LES... ÇA ME REGARDE !
TU N'AS PAS BESOIN DE ÇA POUR ÉPLUCHER DES NAVETS, GOURDIFLOT !
NON, MAIS C'EST TOUJOURS UTILE SI JE VEUX UN JOUR SAVOIR QUOI RÉPONDRE À UN PUANT PRÉTENTIEUX.

EST-CE UNE PERFIDIE ?
JAMAIS JE NE ME PERMETTRAIS !
EXCUSEZ-MOI, MES NAVETS M'ATTENDENT.
TU AS MOUCHÉ CE VANITEUX, NUWAN, MAIS MÉFIE-TOI. LES GARS DE SON ESPÈCE SONT DES NUISIBLES, FAUT PAS SE LES METTRE À DOS.
Z'AVEZ RAISON, CHEF. IL VA ME LE FAIRE PAYER. JE NE SAIS PAS CE QUI M'A PRIS...
MAIS SI, TU SAIS ! TU NE VOULAIS PAS PASSER POUR UN IMBÉCILE DEVANT LA JOLIE LERËH !
ET TU AS EN TÊTE D'ÉTUDIER POTIONS ET ÉLIXIRS POUR DEVENIR MAGE CUISINIER... C'EST UN RÊVE DE TON ÂGE !
OUI, MAIS JE LE SERAI VRAIMENT ! VIENS LÀ, TINPUZ !
TILIIIPÖH !
PWEÖÖÖW !
GROS CÂLIN ! MAIS IL FAUT QUE JE TRAVAILLE MAINTENANT, SINON LE CHEF NE VA PAS ÊTRE CONTENT !
PWIÎÎÎT
VRRRRRRRR

ASSEZ JOUÉ ! NUWAN ! PAS DE LAMBINERIE ! ON ÉPLUCHE ! ON ÉMINCE ! ON CISELLE !
CHEF, OUI, CHEF !
POUR LE DÉJEUNER, ON A CINQ COUVERTS POUR MAÎTRE WAÏWO, PLUS LE RAGOÛT DU PERSONNEL POUR SEIZE !
ET ON PRÉPARE LA MISE EN PLACE POUR LE DÎNER EN MÊME TEMPS : J'AI PRÉVU UNE OIE FARCIE AUX BAIES BLEUES.
TCHAAC
TINPUZ ! STOP ! ARRÊTE ÇA !
PWEEE
SI CETTE BESTIOLE NE SORT PAS DE MA CUISINE TOUT DE SUITE, JE LA METS AU MENU !
ET JE NE RIGOLE PAS !
TCHAAK
TILIIPÖÖÖH !
PWEEE MWWEEE
MAIS EUH !
MMRRRRRR MMRRR
OUI, BON, TU AS ENVIE DE CARESSES, COMME TOUS LES FUFFS !
À CROIRE QUE VOUS ÊTES NÉS POUR ÇA : DORMIR, MANGER ET CÂLINER !
MRRRRRRRRRR

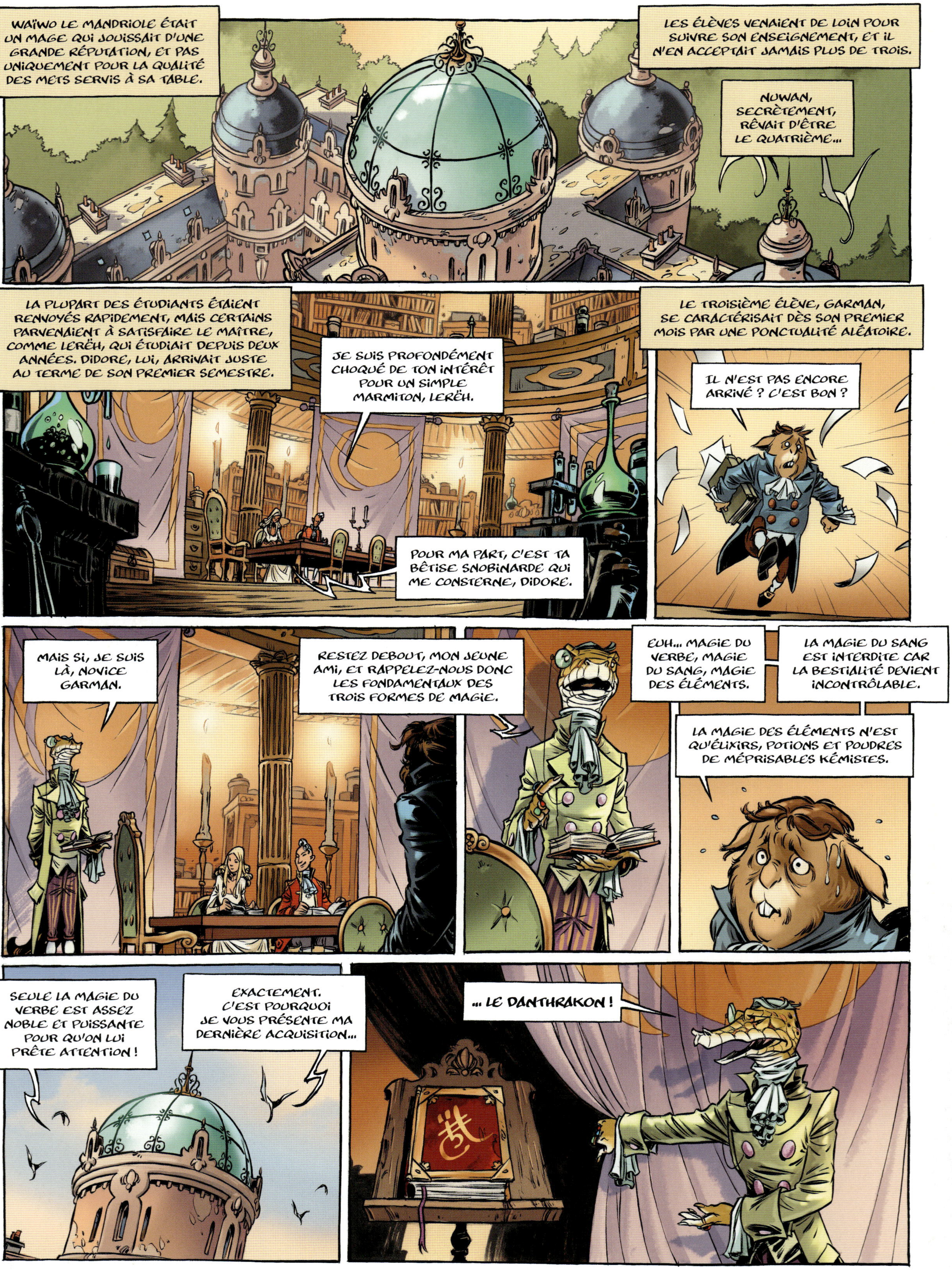
WAÏWO LE MANDRIOLE ÉTAIT UN MAGE QUI JOUISSAIT D'UNE GRANDE RÉPUTATION, ET PAS UNIQUEMENT POUR LA QUALITÉ DES METS SERVIS À SA TABLE.
LES ÉLÈVES VENAIENT DE LOIN POUR SUIVRE SON ENSEIGNEMENT, ET IL N'EN ACCEPTAIT JAMAIS PLUS DE TROIS.
NUWAN, SECRÈTEMENT, RÊVAIT D'ÊTRE LE QUATRIÈME...
LA PLUPART DES ÉTUDIANTS ÉTAIENT RENVOYÉS RAPIDEMENT, MAIS CERTAINS PARVENAIENT À SATISFAIRE LE MAÎTRE, COMME LERËH, QUI ÉTUDIAIT DEPUIS DEUX ANNÉES. DIDORE, LUI, ARRIVAIT JUSTE AU TERME DE SON PREMIER SEMESTRE.
JE SUIS PROFONDÉMENT CHOQUÉ DE TON INTÉRÊT POUR UN SIMPLE MARMITON, LERËH.
POUR MA PART, C'EST TA BÊTISE SNOBINARDE QUI ME CONSTERNE, DIDORE.
LE TROISIÈME ÉLÈVE, GARMAN, SE CARACTÉRISAIT DÈS SON PREMIER MOIS PAR UNE PONCTUALITÉ ALÉATOIRE.
IL N'EST PAS ENCORE ARRIVÉ ? C'EST BON ?
MAIS SI, JE SUIS LÀ, NOVICE GARMAN.
RESTEZ DEBOUT, MON JEUNE AMI, ET RAPPELEZ-NOUS DONC LES FONDAMENTAUX DES TROIS FORMES DE MAGIE.
EUH... MAGIE DU VERBE, MAGIE DU SANG, MAGIE DES ÉLÉMENTS.
LA MAGIE DU SANG EST INTERDITE CAR LA BESTIALITÉ DEVIENT INCONTRÔLABLE.
LA MAGIE DES ÉLÉMENTS N'EST QU'ÉLIXIRS, POTIONS ET POUDRES DE MÉPRISABLES KÉMISTES.
SEULE LA MAGIE DU VERBE EST ASSEZ NOBLE ET PUISSANTE POUR QU'ON LUI PRÊTE ATTENTION !
EXACTEMENT. C'EST POURQUOI JE VOUS PRÉSENTE MA DERNIÈRE ACQUISITION...
... LE DANTHRAKON !

LE QUOI ?
LE VRAI DANTHRAKON ?
LE SEUL, L'UNIQUE EXEMPLAIRE DU PLUS GRAND GRIMOIRE MAGIQUE. PLUSIEURS COPISTES ONT TENTÉ DE LE REPRODUIRE, TOUS SONT DEVENUS FOUS.
JE SUIS SA TRACE DEPUIS PLUS DE TRENTE ANS. IL A CHANGÉ SIX FOIS DE MAINS, MAIS PERSONNE N'EST PARVENU À LE DÉCHIFFRER.
ET PUIS, LE DANTHRAKON A FAILLI ÊTRE DÉTRUIT RÉCEMMENT, LORS DE LA CHUTE DE LA CITÉ D'ARPIOME.
MON INTÉRÊT POUR L'OUVRAGE ÉTAIT CONNU, UNE AMIE DES LETTRES ET DE L'OR L'A PRÉSERVÉ POUR MOI.
RECONNAISSEZ-VOUS CET ALPHABET ?
EUH... NON !
DU TOUT !
IL Y A QUELQUE CHOSE DE FAMILIER, MAIS RIEN QUE JE PUISSE IDENTIFIER.
ALORS VOUS ALLEZ VOUS METTRE AU TRAVAIL.
9

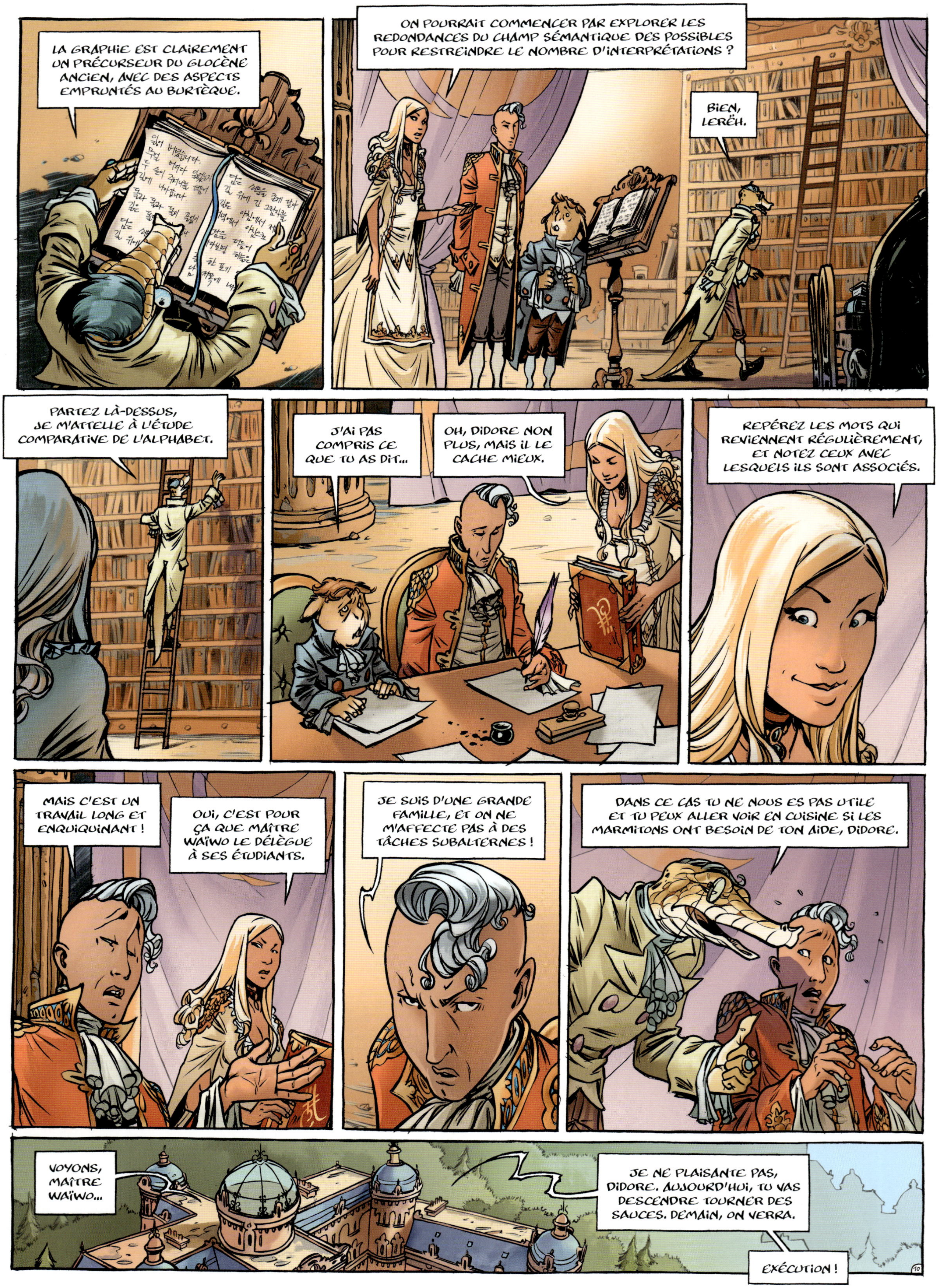
LA GRAPHIE EST CLAIREMENT UN PRÉCURSEUR DU GLOCÈNE ANCIEN, AVEC DES ASPECTS EMPRUNTÉS AU BURTÈQUE.
ON POURRAIT COMMENCER PAR EXPLORER LES REDONDANCES DU CHAMP SÉMANTIQUE DES POSSIBLES POUR RESTREINDRE LE NOMBRE D'INTERPRÉTATIONS ?
BIEN, LERËH.
PARTEZ LÀ-DESSUS, JE M'ATTELLE À L'ÉTUDE COMPARATIVE DE L'ALPHABET.
J'AI PAS COMPRIS CE QUE TU AS DIT...
OH, DIDORE NON PLUS, MAIS IL LE CACHE MIEUX.
REPÉREZ LES MOTS QUI REVIENNENT RÉGULIÈREMENT, ET NOTEZ CEUX AVEC LESQUELS ILS SONT ASSOCIÉS.
MAIS C'EST UN TRAVAIL LONG ET ENQUIQUINANT !
OUI, C'EST POUR ÇA QUE MAÎTRE WAÏWO LE DÉLÈGUE À SES ÉTUDIANTS.
JE SUIS D'UNE GRANDE FAMILLE, ET ON NE M'AFFECTE PAS À DES TÂCHES SUBALTERNES !
DANS CE CAS TU NE NOUS ES PAS UTILE ET TU PEUX ALLER VOIR EN CUISINE SI LES MARMITONS ONT BESOIN DE TON AIDE, DIDORE.
VOYONS, MAÎTRE WAÏWO...
JE NE PLAISANTE PAS, DIDORE. AUJOURD'HUI, TU VAS DESCENDRE TOURNER DES SAUCES. DEMAIN, ON VERRA.
EXÉCUTION !

J'AI LU TOUT CE QUI A ÉTÉ ÉCRIT SUR LE DANTHRAKON, ET NOUS ALLONS PERCER SON MYSTÈRE.
QUE NOTES-TU, GARMAN ?
VOS PAROLES, MAÎTRE WAÏWO ! C'EST UN INSTANT HISTORIQUE !
TCHRUCK TCHRUCK TCHRUCK
AH, IL VOUS ENVOIE À MOI... MAIS QU'EST-CE QUE JE PEUX FAIRE DE VOUS ?
TCHRUCK TCHRUCK TCHRUCK
C'EST QUE C'EST UN VRAI MÉTIER, LA CUISINE. ÇA NE S'IMPROVISE PAS.
LE MIEUX POUR NOUS AIDER, JEUNE MAÎTRE, C'EST QUE VOUS VOUS ASSEYEZ LÀ ET QUE VOUS NE TOUCHIEZ À RIEN.
S'IL VOUS PLAÎT NON ! SI MAÎTRE WAÏWO L'APPREND, IL ME RENVERRA !
BON, ALORS VOUS ALLEZ SECONDER NUWAN.
FAUDRAIT DÉJÀ REMONTER DES BÛCHES POUR LE FOURNEAU.
GNUFFF
PLUS RÉGULIERS, LES MORCEAUX.
ET APRÈS IL Y A LES OIGNONS À ÉPLUCHER.
TCHOC TCHOC
ÇA PIIIQUE !
SNURFLE
11

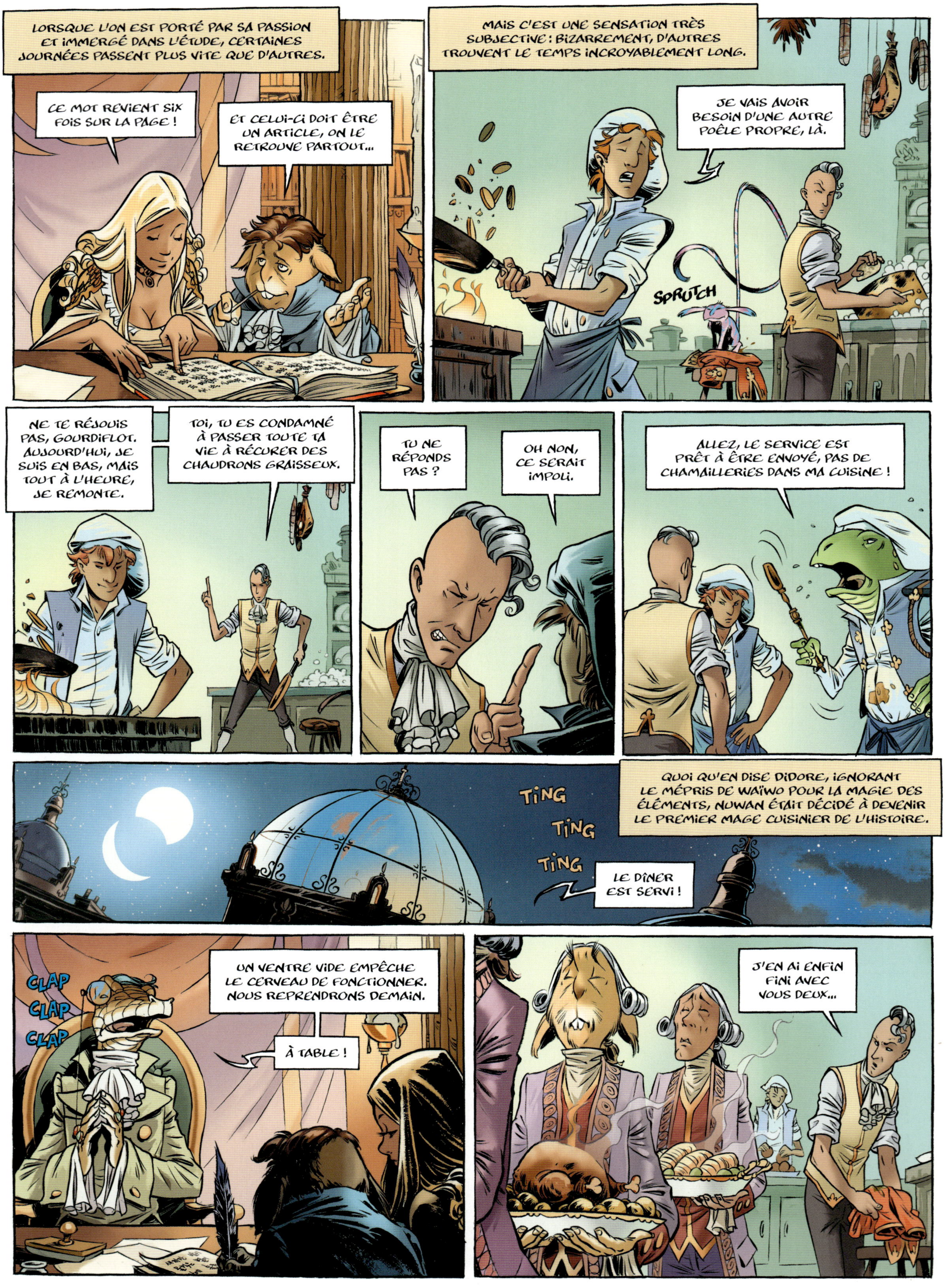

LORSQUE L'ON EST PORTÉ PAR SA PASSION ET IMMERGÉ DANS L'ÉTUDE, CERTAINES JOURNÉES PASSENT PLUS VITE QUE D'AUTRES.
CE MOT REVIENT SIX FOIS SUR LA PAGE !
ET CELUI-CI DOIT ÊTRE UN ARTICLE, ON LE RETROUVE PARTOUT...
MAIS C'EST UNE SENSATION TRÈS SUBJECTIVE : BIZARREMENT, D'AUTRES TROUVENT LE TEMPS INCROYABLEMENT LONG.
JE VAIS AVOIR BESOIN D'UNE AUTRE POÊLE PROPRE, LÀ.
SPRUTCH
NE TE RÉJOUIS PAS, GOURDIFLOT. AUJOURD'HUI, JE SUIS EN BAS, MAIS TOUT À L'HEURE, JE REMONTE.
TOI, TU ES CONDAMNÉ À PASSER TOUTE TA VIE À RÉCURER DES CHAUDRONS GRAISSEUX.
TU NE RÉPONDS PAS ?
OH NON, CE SERAIT IMPOLI.
ALLEZ, LE SERVICE EST PRÊT À ÊTRE ENVOYÉ, PAS DE CHAMAILLERIES DANS MA CUISINE !
TING
TING
TING
LE DÎNER EST SERVI !
QUOI QU'EN DISE DIDORE, IGNORANT LE MÉPRIS DE WAÏWO POUR LA MAGIE DES ÉLÉMENTS, NUWAN ÉTAIT DÉCIDÉ À DEVENIR LE PREMIER MAGE CUISINIER DE L'HISTOIRE.
CLAP
CLAP
CLAP
UN VENTRE VIDE EMPÊCHE LE CERVEAU DE FONCTIONNER. NOUS REPRENDRONS DEMAIN.
À TABLE !
J'EN AI ENFIN FINI AVEC VOUS DEUX...

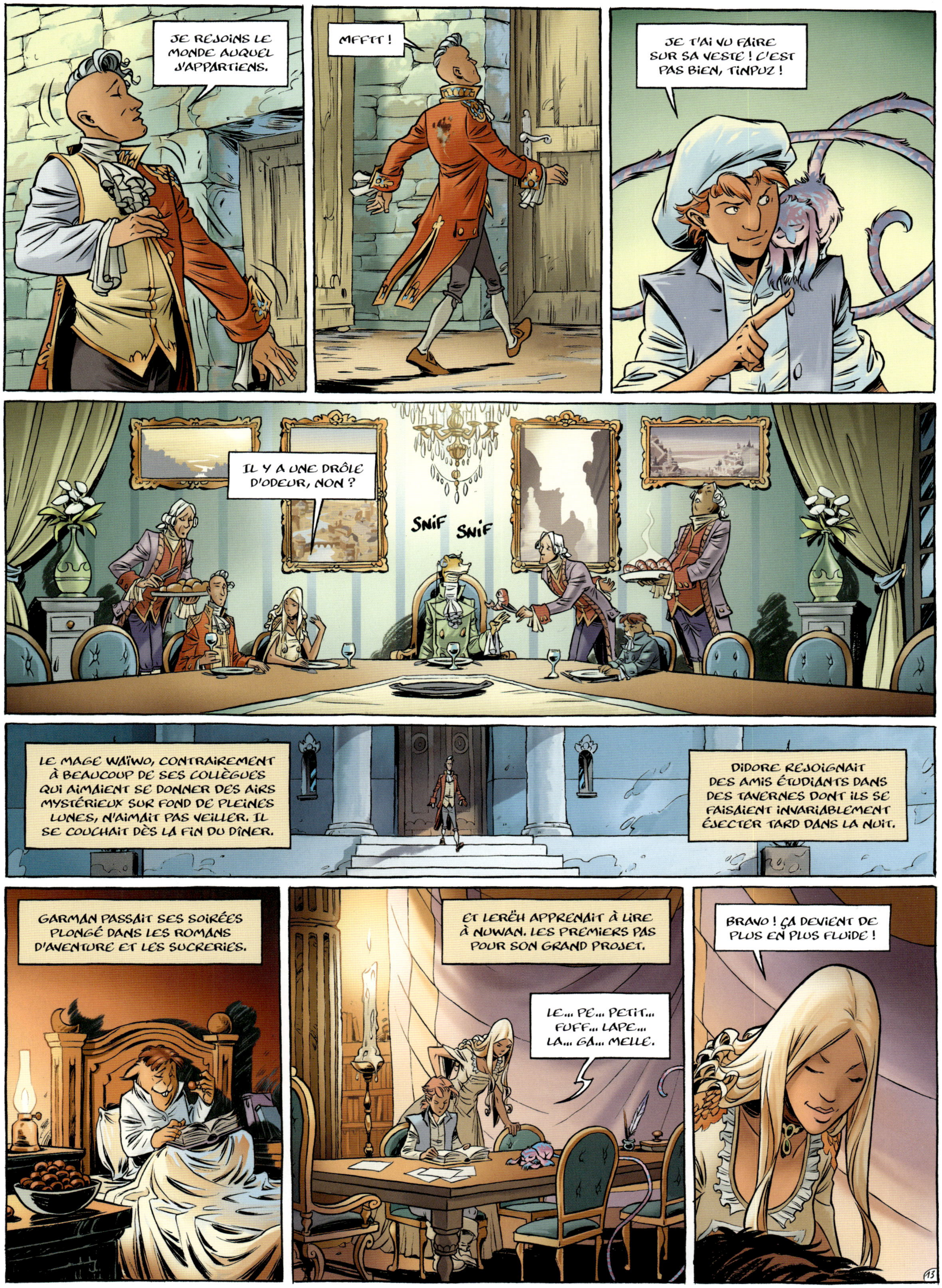
JE REJOINS LE MONDE AUQUEL J'APPARTIENS.
MFFIT !
JE T'AI VU FAIRE SUR SA VESTE ! C'EST PAS BIEN, TINPUZ !
IL Y A UNE DRÔLE D'ODEUR, NON ?
SNIF SNIF
LE MAGE WAÏWO, CONTRAIREMENT À BEAUCOUP DE SES COLLÈGUES QUI AIMAIENT SE DONNER DES AIRS MYSTÉRIEUX SUR FOND DE PLEINES LUNES, N'AIMAIT PAS VEILLER. IL SE COUCHAIT DÈS LA FIN DU DÎNER.
DIDORE REJOIGNAIT DES AMIS ÉTUDIANTS DANS DES TAVERNES DONT ILS SE FAISAIENT INVARIABLEMENT ÉJECTER TARD DANS LA NUIT.
GARMAN PASSAIT SES SOIRÉES PLONGÉ DANS LES ROMANS D'AVENTURE ET LES SUCRERIES.
ET LERËH APPRENAIT À LIRE À NUWAN. LES PREMIERS PAS POUR SON GRAND PROJET.
LE... PE... PETIT... FUFF... LAPE... LA... GA... MELLE.
BRAVO ! ÇA DEVIENT DE PLUS EN PLUS FLUIDE !
13

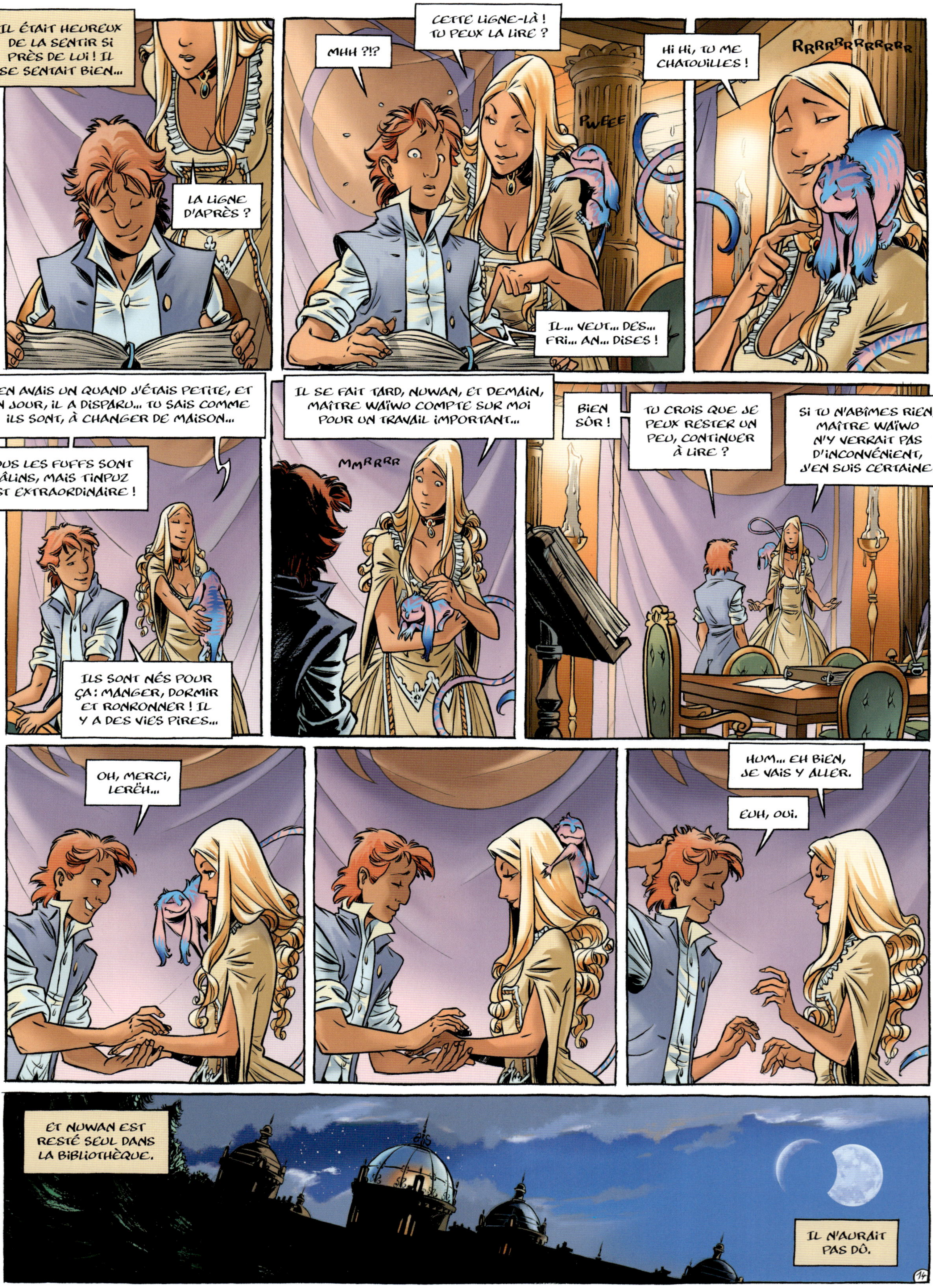
IL ÉTAIT HEUREUX DE LA SENTIR SI PRÈS DE LUI ! IL SE SENTAIT BIEN...
LA LIGNE D'APRÈS ?
MHH ?!?
CETTE LIGNE-LÀ ! TU PEUX LA LIRE ?
PWEEE
IL... VEUT... DES... FRI... AN... DISES !
HI HI, TU ME CHATOUILLES !
RRRRRRRRRRRRR
J'EN AVAIS UN QUAND J'ÉTAIS PETITE, ET UN JOUR, IL A DISPARU... TU SAIS COMME ILS SONT, À CHANGER DE MAISON...
TOUS LES FUFFS SONT CÂLINS, MAIS TINPUZ EST EXTRAORDINAIRE !
ILS SONT NÉS POUR ÇA : MANGER, DORMIR ET RONRONNER ! IL Y A DES VIES PIRES...
IL SE FAIT TARD, NUWAN, ET DEMAIN, MAÎTRE WAÏWO COMPTE SUR MOI POUR UN TRAVAIL IMPORTANT...
MMRRRR
BIEN SÛR !
TU CROIS QUE JE PEUX RESTER UN PEU, CONTINUER À LIRE ?
SI TU N'ABÎMES RIEN, MAÎTRE WAÏWO N'Y VERRAIT PAS D'INCONVÉNIENT, J'EN SUIS CERTAINE.
OH, MERCI, LERËH...
HUM... EH BIEN, JE VAIS Y ALLER.
EUH, OUI.
ET NUWAN EST RESTÉ SEUL DANS LA BIBLIOTHÈQUE.
IL N'AURAIT PAS DÛ.
14

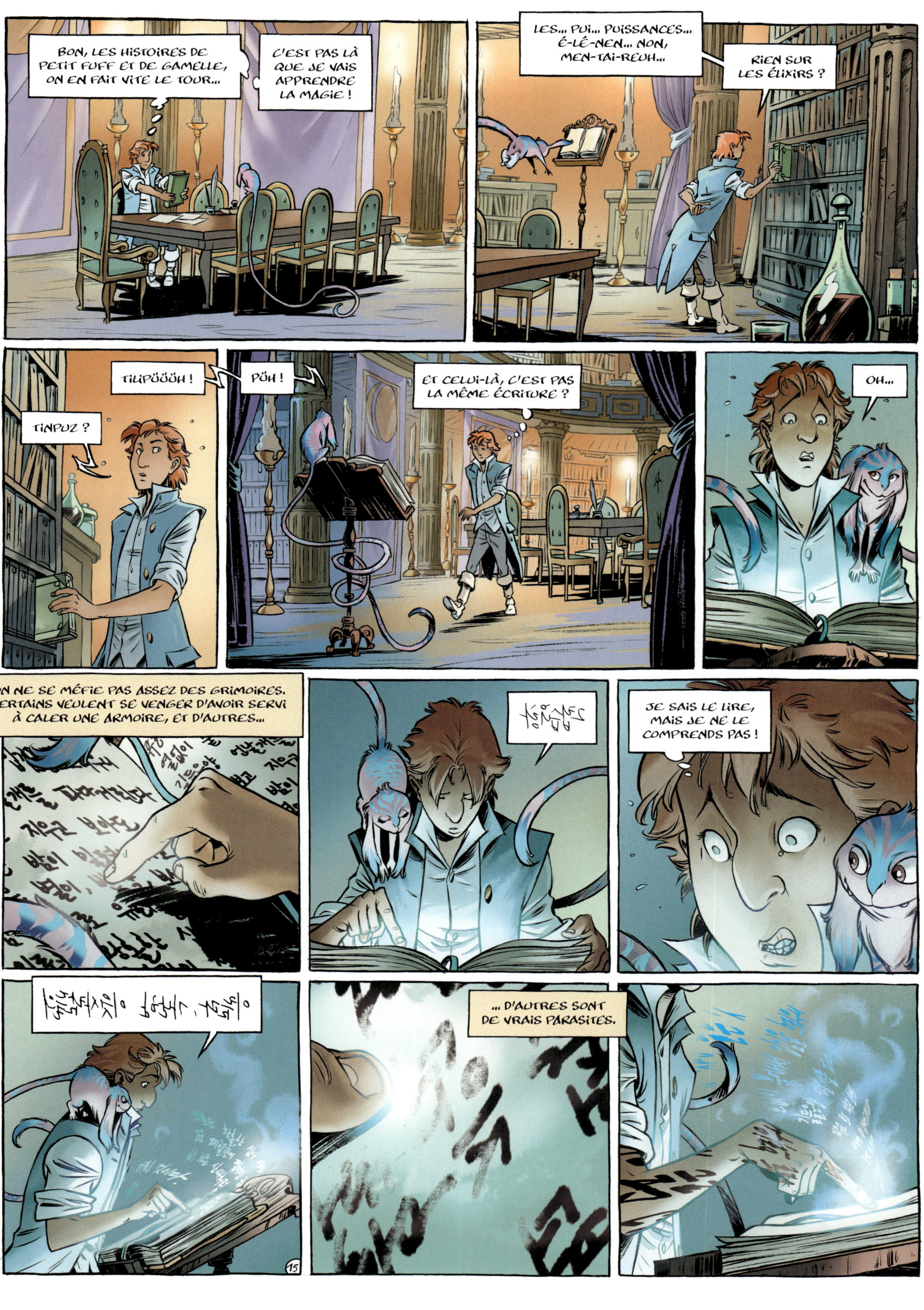
BON, LES HISTOIRES DE PETIT FUFF ET DE GAMELLE, ON EN FAIT VITE LE TOUR...
C'EST PAS LÀ QUE JE VAIS APPRENDRE LA MAGIE !
LES... PUI... PUISSANCES... É-LÉ-NEN... NON, MEN-TAI-REUH...
RIEN SUR LES ÉLIXIRS ?
TILIPÖÖÖH !
TINPUZ ?
PÖH !
ET CELUI-LÀ, C'EST PAS LA MÊME ÉCRITURE ?
OH...
ON NE SE MÉFIE PAS ASSEZ DES GRIMOIRES. CERTAINS VEULENT SE VENGER D'AVOIR SERVI À CALER UNE ARMOIRE, ET D'AUTRES...
JE SAIS LE LIRE, MAIS JE NE LE COMPRENDS PAS !
... D'AUTRES SONT DE VRAIS PARASITES.
15

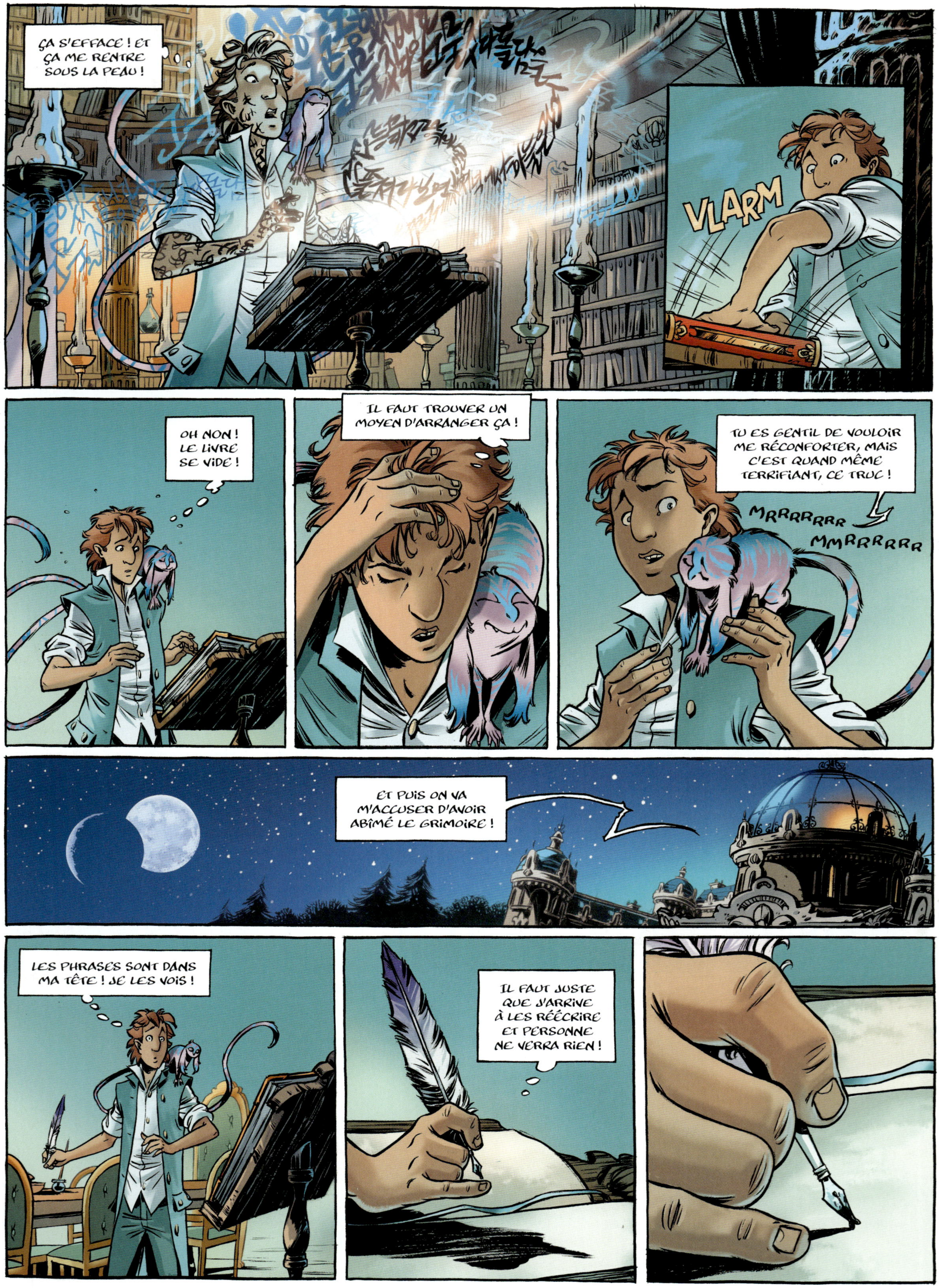
ÇA S'EFFACE ! ET ÇA ME RENTRE SOUS LA PEAU !
VLARM
OH NON ! LE LIVRE SE VIDE !
IL FAUT TROUVER UN MOYEN D'ARRANGER ÇA !
TU ES GENTIL DE VOULOIR ME RÉCONFORTER, MAIS C'EST QUAND MÊME TERRIFIANT, CE TRUC !
MRRRRRRR
MMRRRRRR
ET PUIS ON VA M'ACCUSER D'AVOIR ABÎMÉ LE GRIMOIRE !
LES PHRASES SONT DANS MA TÊTE ! JE LES VOIS !
IL FAUT JUSTE QUE J'ARRIVE À LES RÉÉCRIRE ET PERSONNE NE VERRA RIEN !

IMPOSSIBLE D'ÉCRIRE ! LES AUTRES PAGES M'APPELLENT !
LA PLUPART DES LIVRES, MÊME LES TRAITÉS DE MAGIE, SONT PACIFIQUES. MAIS CELUI-LÀ, JOUEUR, AVAIT DÉCIDÉ DE DÉVORER UN CUISINIER.
ÇA RENTRE SOUS MA PEAU !
TILIPÜH !
MMMRRRRRRRRRRHHHH
AARRHH !
SI LES GRIMOIRES PARLAIENT, IL AURAIT FAIT : MOUAHAHAHHH !
NON...

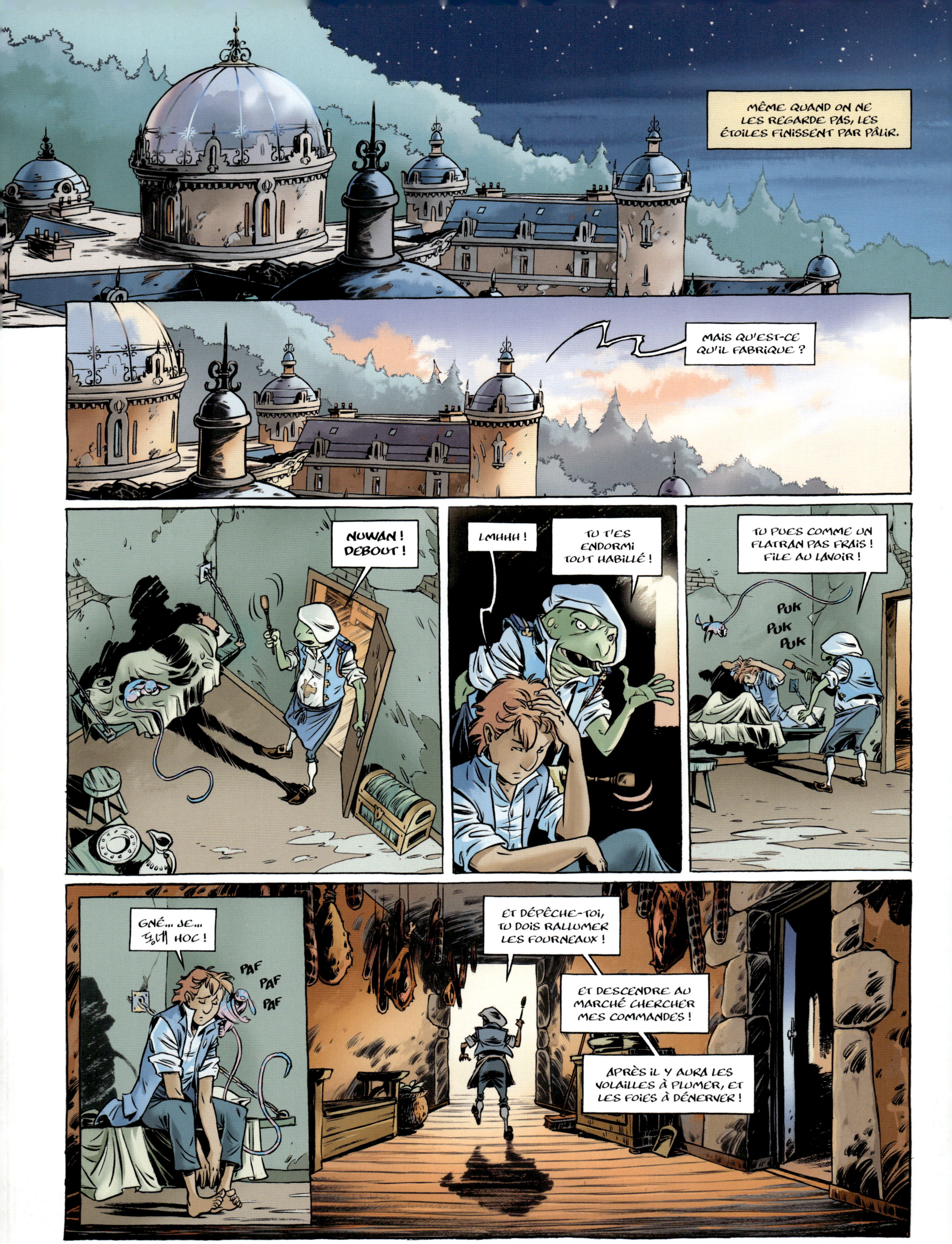
MÊME QUAND ON NE LES REGARDE PAS, LES ÉTOILES FINISSENT PAR PÂLIR.
MAIS QU'EST-CE QU'IL FABRIQUE ?
NOWAN ! DEBOUT !
LMHHH !
TU T'ES ENDORMI TOUT HABILLÉ !
TU PUES COMME UN FLATRAN PAS FRAIS ! FILE AU LAVOIR !
PUK PUK PUK
GNÉ... JE... HOC !
PAF PAF PAF
ET DÉPÊCHE-TOI, TU DOIS RALLUMER LES FOURNEAUX !
ET DESCENDRE AU MARCHÉ CHERCHER MES COMMANDES !
APRÈS IL Y AURA LES VOLAILLES À PLUMER, ET LES FOIES À DÉNERVER !

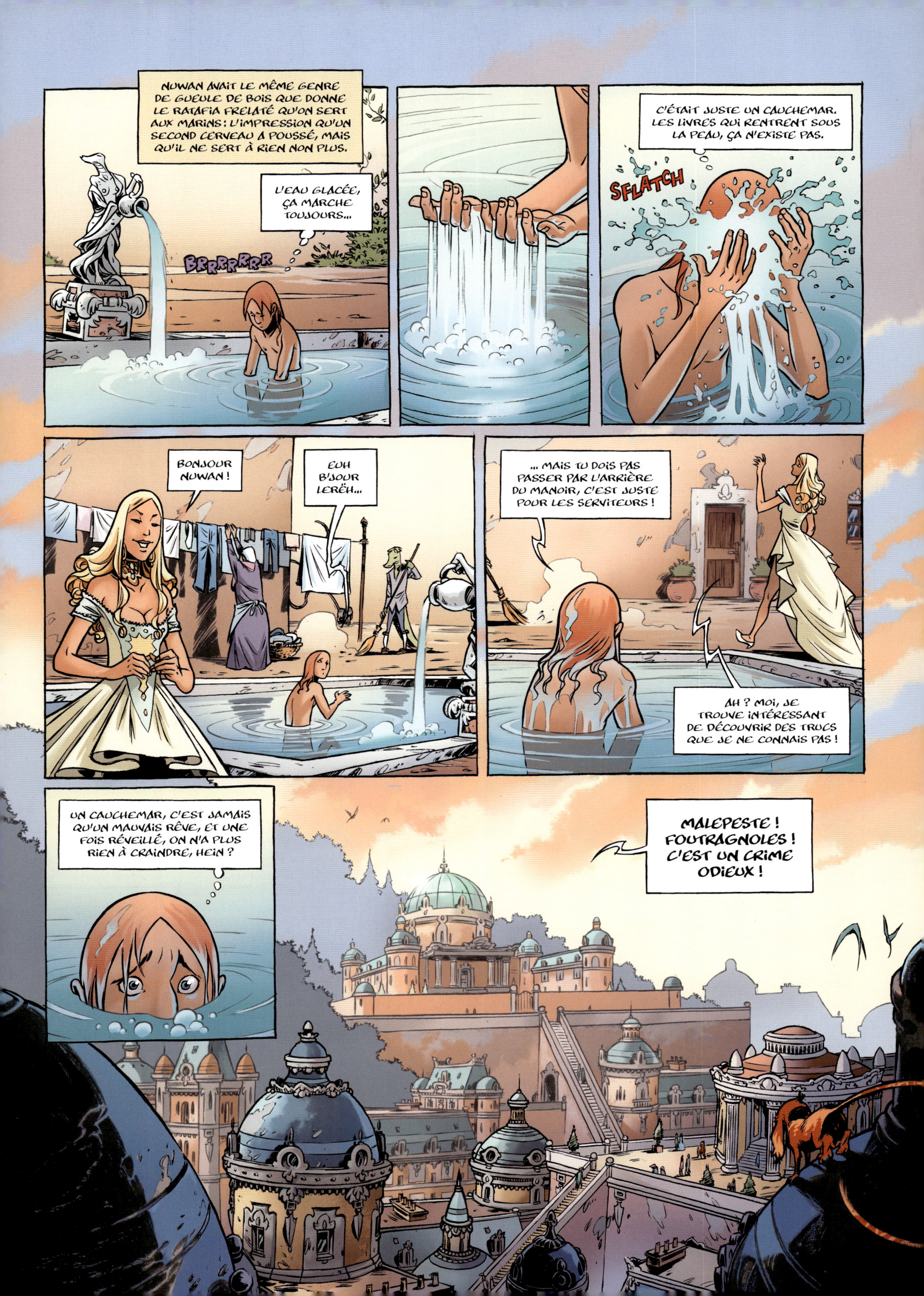
NUWAN AVAIT LE MÊME GENRE DE GUEULE DE BOIS QUE DONNE LE RATAFIA FRELATÉ QU'ON SERT AUX MARINS : L'IMPRESSION QU'UN SECOND CERVEAU A POUSSÉ, MAIS QU'IL NE SERT À RIEN NON PLUS.
L'EAU GLACÉE, ÇA MARCHE TOUJOURS...
BRRRRRRR
C'ÉTAIT JUSTE UN CAUCHEMAR. LES LIVRES QUI RENTRENT SOUS LA PEAU, ÇA N'EXISTE PAS.
SFLATCH
BONJOUR NUWAN !
EUH B'JOUR LERËH...
... MAIS TU DOIS PAS PASSER PAR L'ARRIÈRE DU MANOIR, C'EST JUSTE POUR LES SERVITEURS !
AH ? MOI, JE TROUVE INTÉRESSANT DE DÉCOUVRIR DES TRUCS QUE JE NE CONNAIS PAS !
UN CAUCHEMAR, C'EST JAMAIS QU'UN MAUVAIS RÊVE, ET UNE FOIS RÉVEILLÉ, ON N'A PLUS RIEN À CRAINDRE, HEIN ?
MALEPESTE ! FOUTRAGNOLES ! C'EST UN CRIME ODIEUX !

ON A VOLÉ LE DANTHRAKON !
MAIS... IL EST LÀ, MAÎTRE WAÏWO !
C'EST UN FAUX ! LES PAGES SONT BLANCHES !
D'AILLEURS, POURQUOI PRENDRE LA PEINE DE LE REMPLACER PAR UNE IMITATION VIERGE ? LA SUPERCHERIE S'ÉVENTE IMMÉDIATEMENT !
CE N'EST PAS LOGIQUE !
C'EST LE MÊME GRIMOIRE. JE RECONNAIS LES ÉRAFLURES SUR LE CUIR.
OUI, C'EST SÛR ! CE PAPIER A UNE ODEUR SI CARACTÉRISTIQUE DE VANILLE ET DE COING CONFIT... PAR CONTRE, ON NE SENT PLUS L'ENCRE !
SNIF SNIF
ET ON NE LA VOIT PAS NON PLUS.
PEUT-ÊTRE UN SORT DE PROTECTION QUI S'EST DÉCLENCHÉ TOUT SEUL ?
LERËH, QUE DIT LE CODEX DE VONSUELOS ?
LE TEXTE SERAIT LÀ, MAIS NOUS NE LE VERRIONS PLUS...
IL Y A DES ENCRES INVISIBLES, COMME ÇA ! IL SUFFIT DE CHAUFFER LE PAPIER AVEC UNE BOUGIE ET ÇA RÉAPPARAÎT !
JE NE PENSE PAS QU'UN SUBTERFUGE AUSSI ENFANTIN SOIT À L'ŒUVRE. PAR CONTRE, LE PAPIER, ÇA BRÛLE FACILEMENT.
MOI, JE DIS JUSTE QUE ÇA VAUDRAIT LE COUP D'ESSAYER.
DIDORE, SI JE VOUS VOIS APPROCHER UNE FLAMME DE CES PAGES, JE VOUS FAIS COUPER LES BRAS.
SUIS-JE CLAIR ?
LIMPIDE, MAÎTRE WAÏWO.

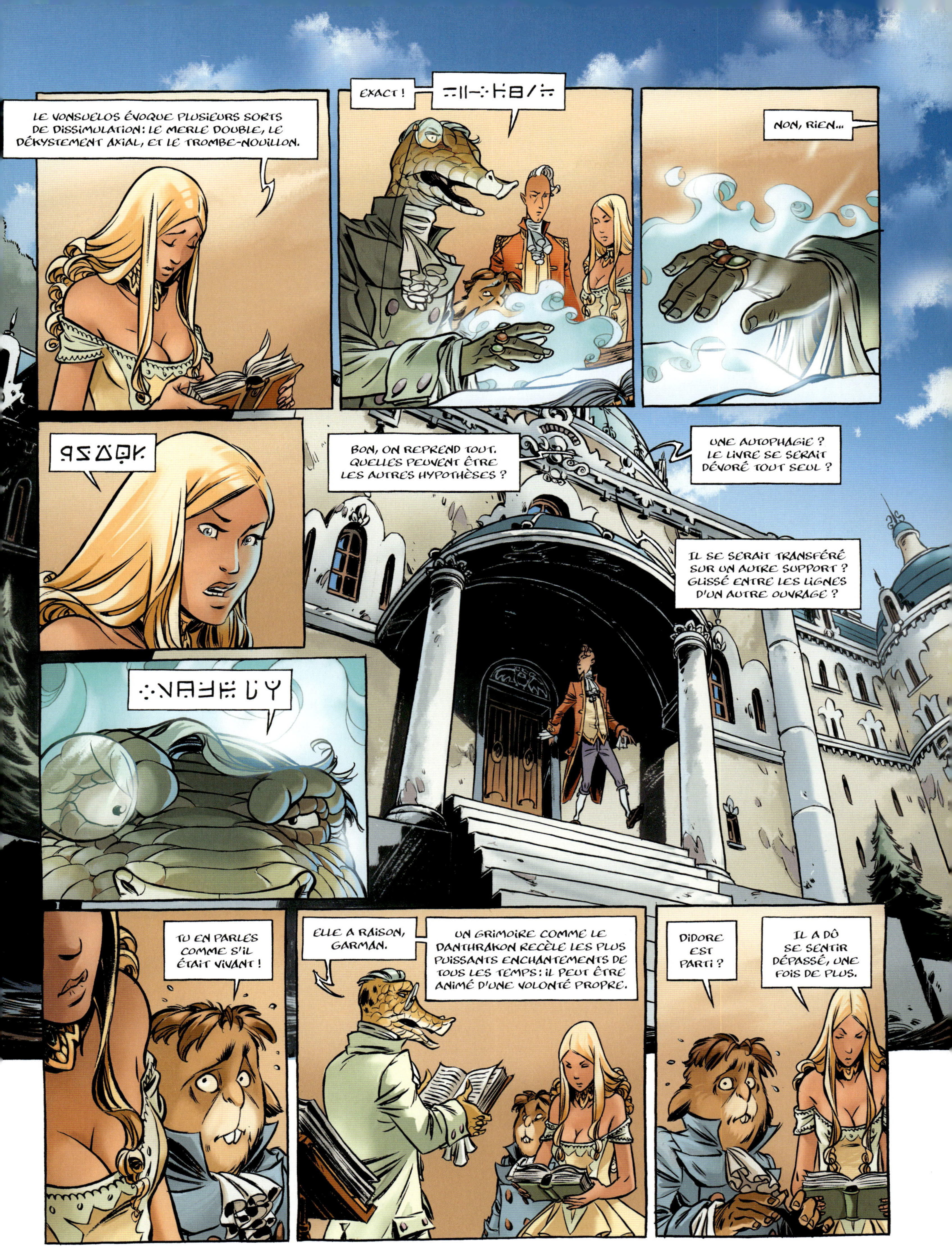
LE VONSUELOS ÉVOQUE PLUSIEURS SORTS DE DISSIMULATION : LE MERLE DOUBLE, LE DÉKYSTEMENT AXIAL, ET LE TROMBE-NOUILLON.
EXACT !
NON, RIEN...
BON, ON REPREND TOUT. QUELLES PEUVENT ÊTRE LES AUTRES HYPOTHÈSES ?
UNE AUTOPHAGIE ? LE LIVRE SE SERAIT DÉVORÉ TOUT SEUL ?
IL SE SERAIT TRANSFÉRÉ SUR UN AUTRE SUPPORT ? GLISSÉ ENTRE LES LIGNES D'UN AUTRE OUVRAGE ?
TU EN PARLES COMME S'IL ÉTAIT VIVANT !
ELLE A RAISON, GARMAN.
UN GRIMOIRE COMME LE DANTHRAKON RECÈLE LES PLUS PUISSANTS ENCHANTEMENTS DE TOUS LES TEMPS : IL PEUT ÊTRE ANIMÉ D'UNE VOLONTÉ PROPRE.
DIDORE EST PARTI ?
IL A DÛ SE SENTIR DÉPASSÉ, UNE FOIS DE PLUS.

WAÏWO EST UN PRÉTENTIEUX, INCAPABLE DE RECONNAÎTRE MA VALEUR...
CETTE AFFAIRE EST L'OCCASION DE S'ADRESSER À UN NOUVEAU MAÎTRE !
ALLEZ, GOURDIFLOT ! TRANSPIRE, TA VIE EST DE MONTER CET ESCALIER POUR TOUJOURS ! AH AH AH !
SALIGAUD !
ON VERRA QUI RIRA LORSQUE LES PLUS PUISSANTS SE RÉGALERONT DE MES PLATS MAGIQUES !
DU NOIR ? D'OÙ ÇA SORT ?
LE TEST DE VORLEPE N'INDIQUE PLUS AUCUNE VIBRATION HERMÉTIQUE. CE GRIMOIRE NE CONTIENT PAS PLUS DE MAGIE QU'UN ROULEAU DE PAPIER D'AISANCE.
ALORS LE DANTHRAKON S'EST... ÉVAPORÉ ?
OU ALORS, IL S'EST RÉFUGIÉ AILLEURS. PARFOIS, LA MAGIE DU SANG PREND DES FORMES SURPRENANTES.
?

MAIS NOUS SAVONS TOUS QUE LA MAGIE DU SANG EST UN CRIME, N'EST-CE PAS ?
INQUISITEUR AMUTU. JE NE ME SOUVENAIS PAS DE VOUS AVOIR INVITÉ CHEZ MOI.
C'EST POUSSÉ PAR L'AIGUILLON DES IMPÉRATIFS DE MA CHARGE QUE JE ME PRÉSENTE ICI, MAGE WAÏWO.
CE JEUNE HOMME, MON NOUVEL ÉLÈVE, M'A ALERTÉ SUR L'INQUIÉTANTE DISPARITION D'UN OUVRAGE D'UNE INCOMMENSURABLE PUISSANCE.
JE N'AI FAIT QUE MON DEVOIR, INQUISITEUR.
WAÏWO, VOUS POSSÉDIEZ LE DANTHRAKON ET VOUS N'AVEZ PAS SU LE MAÎTRISER.
JE DOIS DONC DÉTERMINER QUEL DANGER VOUS AVEZ LIBÉRÉ SUR CETTE CITÉ, ET COMMENT Y REMÉDIER.
VOTRE IMPRUDENCE EST COUPABLE, WAÏWO. C'EST LÀ L'OUVRAGE ?
OUI...
QU'EST-CE QUI T'A PRIS D'ALLER RACONTER NOS SOUCIS PARTOUT ?
WAÏWO EST UN VIEUX FOU. L'INQUISITEUR AMUTU EST UN MAGE BEAUCOUP PLUS PUISSANT.
CE QUI FAIT DE MOI UN HOMME IMPORTANT.
TU FERAIS MIEUX D'ÊTRE AVEC MOI TOUT SUCRE ET MIEL, LERËH.

EH BIEN ! TU EN AS MIS DU TEMPS !
C'EST LOURD !
ET JE NE SAIS PAS OÙ TU AS ENCORE ÉTÉ TRAÎNER, MAIS TU T'ES TOUT SALOPÉ ! VA ME NETTOYER ÇA TOUT DE SUITE !
SLURP SLURP
RECULE, DIDORE !
NE SOIS DONC PAS SI CRISPÉE.
JE NE TE VEUX QUE DU BIEN, LERËH. ON DEVRAIT APPRENDRE À MIEUX SE CONNAÎTRE, TOUS LES DEUX...
MHH, TU ES TRÈS MOELLEUSE, LÀ...
LÂCHE-MOI IMMÉDIATEMENT !
?!?
HUK!
BAFF
WAILLEUH !

MAIS TU M'AS FRAPPÉ ! TU AS OSÉ ME FRAPPER !
SALE GARCE ! JE VAIS T'APPRENDRE !
MAIS...?!?
TU TE FAIS DESSUS, ON DIRAIT.
COMMENT...?!?
JE NE... PEUX PAS M'ARRÊTER !
AU SECOURS !
FLOTCH
FLOTCH
FLOTCH
VOUS ÊTES BIEN BRUYANT, DIDORE !
SI VOUS VOULEZ DEMEURER MON ÉLÈVE, IL VA FALLOIR FAIRE PREUVE D'UN PEU PLUS DE DIGNITÉ.
LE DÉJEUNER EST SERVI !
TING TING TING
FLOTCH
FLOTCH
J'AI TOUT VU, COMME SI J'Y ÉTAIS ! IL S'EST PASSÉ EXACTEMENT CE QUE J'AURAIS VOULU !

ALORS JE PEUX DEVENIR MAGE SANS POTIONS NI ÉLIXIRS !
GRAT GRAT
TILIPÖH !
ARBRE ! POUSSE !
T'INQUIÈTE, IL POUSSE, IL FAIT ÇA TOUS LES JOURS DEPUIS VINGT ANS.
TU N'ES PAS ATTENDU EN CUISINE, NUWAN ?
BON, ÇA MARCHE PAS...
GRATT GRATT
C'EST QUOI, CE TRUC QUI GRATTE SUR LES FESSES ?
ÇA N'ÉTAIT PAS LÀ TOUT À L'HEURE ! C'EST VENU D'UN COUP !
TU COMPRENDS QUELQUE CHOSE À TOUT ÇA, TOI, TINPUZ ?
GNAP
AIHEUH !
MON SANG EST NOIR... C'EST DE L'ENCRE !
PWEEE
CE LIVRE NE CONTENAIT PAS LA MAGIE DES MOTS, MAIS CELLE DU SANG !
SI L'INQUISITEUR AMUTU S'EN APERÇOIT, JE FINIRAI SUR LE BÛCHER !

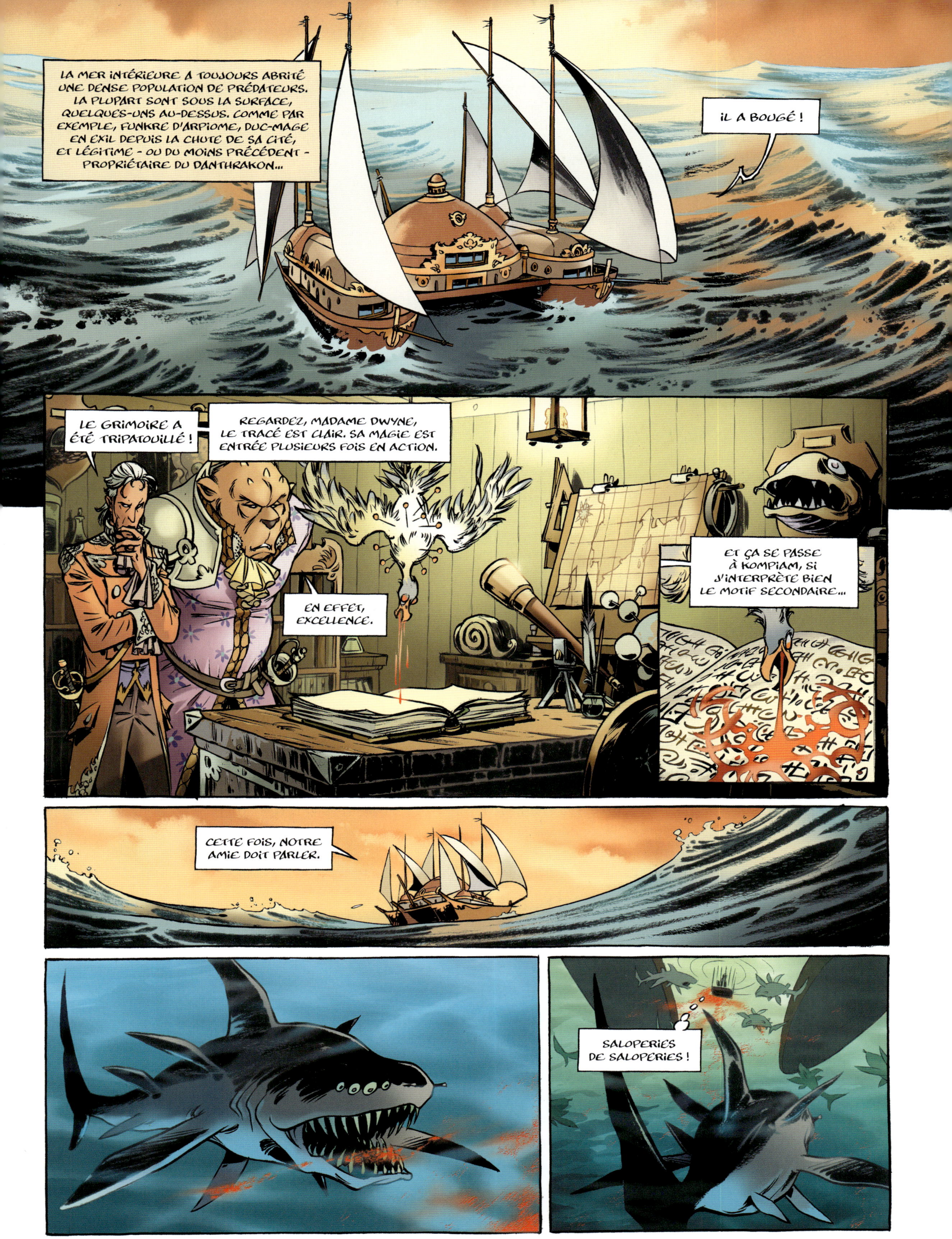

LA MER INTÉRIEURE A TOUJOURS ABRITÉ UNE DENSE POPULATION DE PRÉDATEURS. LA PLUPART SONT SOUS LA SURFACE, QUELQUES-UNS AU-DESSUS. COMME PAR EXEMPLE, FUNKRE D'ARPIOME, DUC-MAGE EN EXIL DEPUIS LA CHUTE DE SA CITÉ, ET LÉGITIME - OU DU MOINS PRÉCÉDENT - PROPRIÉTAIRE DU DANTHRAKON...
IL A BOUGÉ !
LE GRIMOIRE A ÉTÉ TRIPATOUILLÉ !
REGARDEZ, MADAME DWYNE, LE TRACÉ EST CLAIR. SA MAGIE EST ENTRÉE PLUSIEURS FOIS EN ACTION.
EN EFFET, EXCELLENCE.
ET ÇA SE PASSE À KOMPIAM, SI J'INTERPRÈTE BIEN LE MOTIF SECONDAIRE...
CETTE FOIS, NOTRE AMIE DOIT PARLER.
SALOPERIES DE SALOPERIES !

SI JE ME DÉCONCENTRE, ELLES VONT ME BOUFFER UN PIED OU UNE MAIN !
HUFFFF
HISSEZ !
KROLOBRULMM
TU AS RÉFLÉCHI ?
JE NE TRAHIS JAMAIS UN CLIENT, C'EST MAUVAIS POUR LES AFFAIRES.
TSSSS...
SWIIIICHH
ON SAIT MAINTENANT QUE LE DANTHRAKON EST À KOMPIAM. IL Y A LÀ-BAS UNE VINGTAINE DE MAGES QUI ONT PU SE LE PAYER...

TROUVER LE BON EST UNE QUESTION DE TEMPS.
TU PEUX NOUS EN FAIRE GAGNER, OU RETOURNER À L'EAU SANS LA CAGE.
SI VOUS SAVEZ POUR KOMPIAM... EN EFFET... IL Y AURAIT PEUT-ÊTRE UNE SOLUTION, ALORS.
DEVENEZ, VOUS AUSSI, UN CLIENT, ET ÇA RÉSOUT MON CONFLIT DÉONTOLOGIQUE.
JE NE LE CROIS PAS ! TU M'AS VOLÉ, JE SUIS EN TRAIN DE TE TORTURER ET TU ME DEMANDES DE L'ARGENT ?
VOILÀ. 5 000 PIASTRES.
C'EST PAS POLI DE PARLER COMME ÇA.
LAISSEZ, MADAME DWYNE.
EXACTEMENT, LAISSEZ, MADAME DWYNE.
AH AH AH !
DRELED, J'ACCEPTE TA PROPOSITION !
ALORS, CHEZ QUI EST LE DANTHRAKON ?
ALLONS, VOUS SAVEZ BIEN QUE JE NE RÉPONDRAI À CETTE QUESTION QU'UNE FOIS À TERRE, EN SÉCURITÉ, ET PAYÉE.
JE M'EN DOUTAIS.
COMMENT TU CONTINUES LE VOYAGE, DRELED ? DANS LA CAGE, C'EST GRATUIT.
SUR LE PONT, LA PLACE EST À 400 PIASTRES PAR JOUR. 500 SI TU VEUX UNE COUCHETTE AVEC L'ÉQUIPAGE.
JE DÉDUIRAI LES FRAIS DES 5 000 PIASTRES CONVENUS. SI LE VENT EST FAVORABLE, IL TE RESTERA PEUT-ÊTRE UN PEU DE MONNAIE.

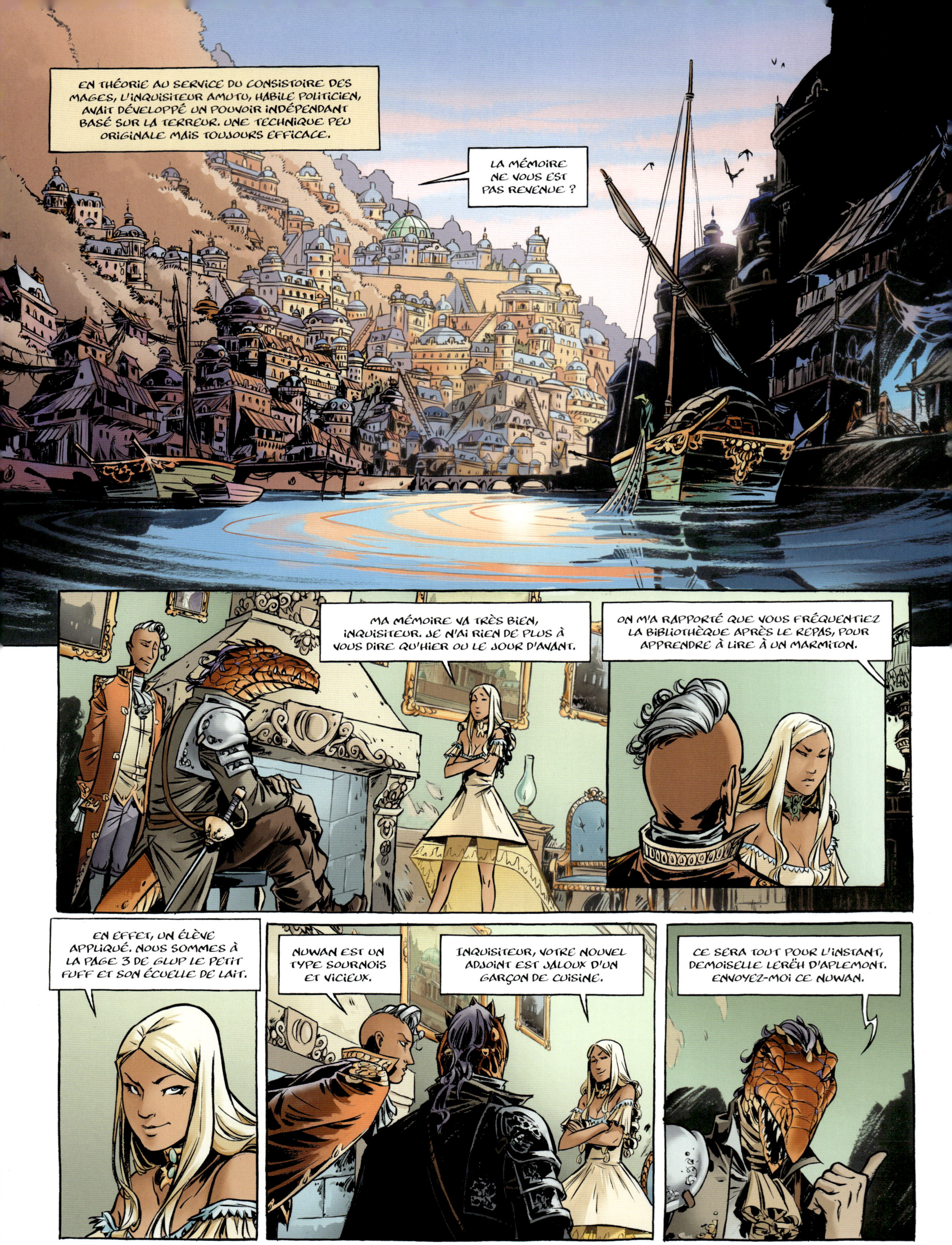
EN THÉORIE AU SERVICE DU CONSISTOIRE DES MAGES, L'INQUISITEUR AMUTU, HABILE POLITICIEN, AVAIT DÉVELOPPÉ UN POUVOIR INDÉPENDANT BASÉ SUR LA TERREUR. UNE TECHNIQUE PEU ORIGINALE MAIS TOUJOURS EFFICACE.
LA MÉMOIRE NE VOUS EST PAS REVENUE ?
MA MÉMOIRE VA TRÈS BIEN, INQUISITEUR. JE N'AI RIEN DE PLUS À VOUS DIRE QU'HIER OU LE JOUR D'AVANT.
ON M'A RAPPORTÉ QUE VOUS FRÉQUENTIEZ LA BIBLIOTHÈQUE APRÈS LE REPAS, POUR APPRENDRE À LIRE À UN MARMITON.
EN EFFET, UN ÉLÈVE APPLIQUÉ. NOUS SOMMES À LA PAGE 3 DE GLUP LE PETIT FUFF ET SON ÉCUELLE DE LAIT.
NUWAN EST UN TYPE SOURNOIS ET VICIEUX.
INQUISITEUR, VOTRE NOUVEL ADJOINT EST JALOUX D'UN GARÇON DE CUISINE.
CE SERA TOUT POUR L'INSTANT, DEMOISELLE LERËH D'APLEMONT. ENVOYEZ-MOI CE NUWAN.

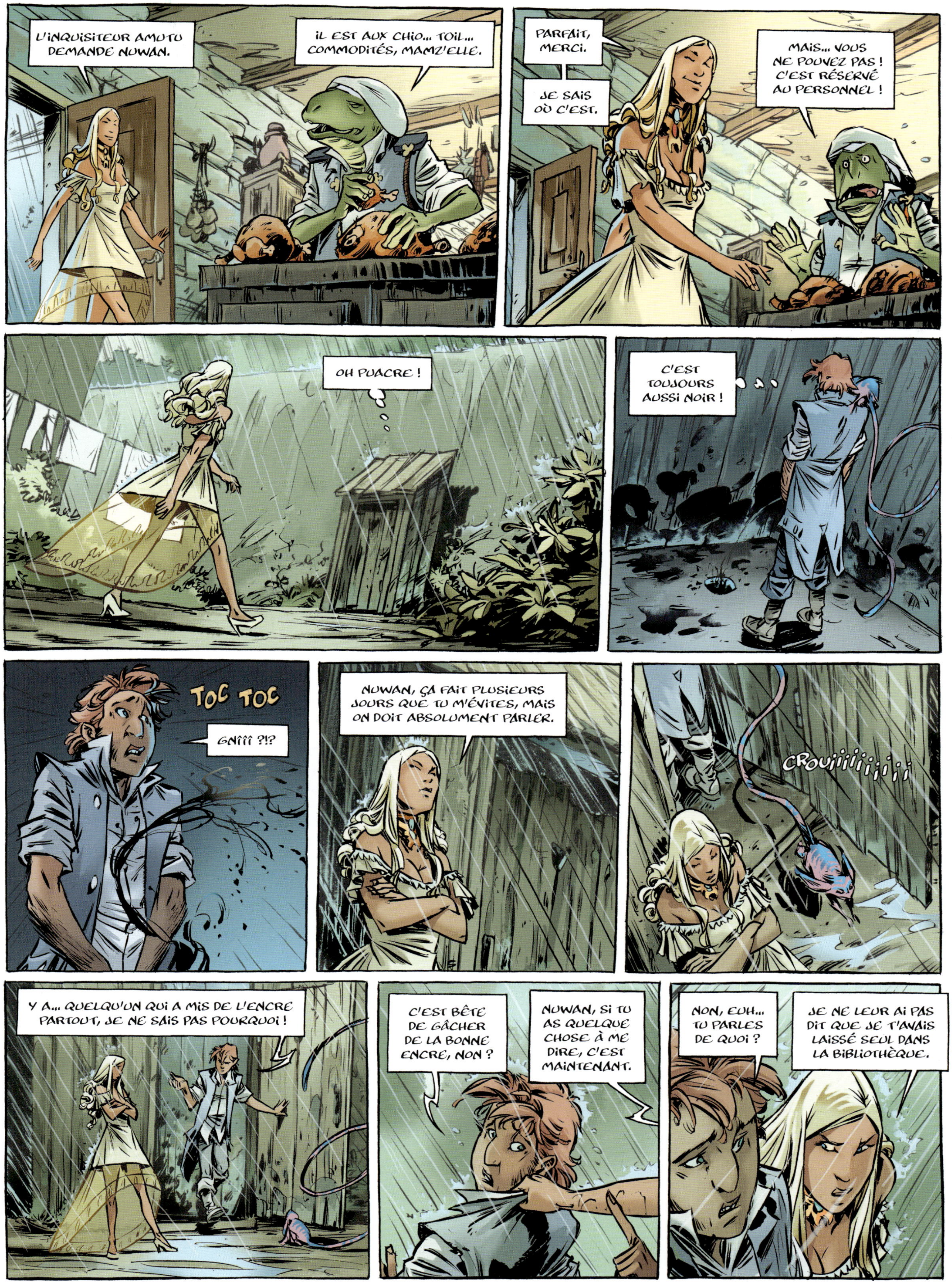
L'INQUISITEUR AMUTU DEMANDE NUWAN.
IL EST AUX CHIO... TOIL... COMMODITÉS, MAMZ'ELLE.
PARFAIT, MERCI.
JE SAIS OÙ C'EST.
MAIS... VOUS NE POUVEZ PAS ! C'EST RÉSERVÉ AU PERSONNEL !
OH PUACRE !
C'EST TOUJOURS AUSSI NOIR !
TOC TOC
GNÎÎÎ ?!?
NUWAN, ÇA FAIT PLUSIEURS JOURS QUE TU M'ÉVITES, MAIS ON DOIT ABSOLUMENT PARLER.
CROUIIIIIIIIII
Y A... QUELQU'UN QUI A MIS DE L'ENCRE PARTOUT, JE NE SAIS PAS POURQUOI !
C'EST BÊTE DE GÂCHER DE LA BONNE ENCRE, NON ?
NUWAN, SI TU AS QUELQUE CHOSE À ME DIRE, C'EST MAINTENANT.
NON, EUH... TU PARLES DE QUOI ?
JE NE LEUR AI PAS DIT QUE JE T'AVAIS LAISSÉ SEUL DANS LA BIBLIOTHÈQUE.

ET L'INQUISITEUR AMUTU A DEMANDÉ À TE VOIR.
JE N'AI RIEN FAIT DE MAL.
ALORS PASSONS PAR LES JARDINS ET DIS-MOI CE QUE TU N'AS PAS FAIT DE MAL...
IL PLEUT ! TU VAS MOUILLER TES BEAUX CHEVEUX !
HUK!
NUWAN ?
TU AS EU CE HOQUET, TES YEUX SONT DEVENUS FLOUS, J'AI PERÇU UNE EFFLUVE DE MAGIE ET...
... IL A ARRÊTÉ DE PLEUVOIR.
C'EST TOI, N'EST-CE PAS ?
TU AS QUELQUE CHOSE DE CHANGÉ CES DERNIERS TEMPS... TES YEUX QUI PARTENT PLUS EN AMANDE, TES ÉPAULES QUI S'ÉPAISSISSENT, TES DENTS LÉGÈREMENT PLUS GRANDES, PLUS DE POILS SUR LES JOUES ET LES BRAS...
C'EST BIEN LA MAGIE DU SANG. ELLE AFFECTE TON CORPS.

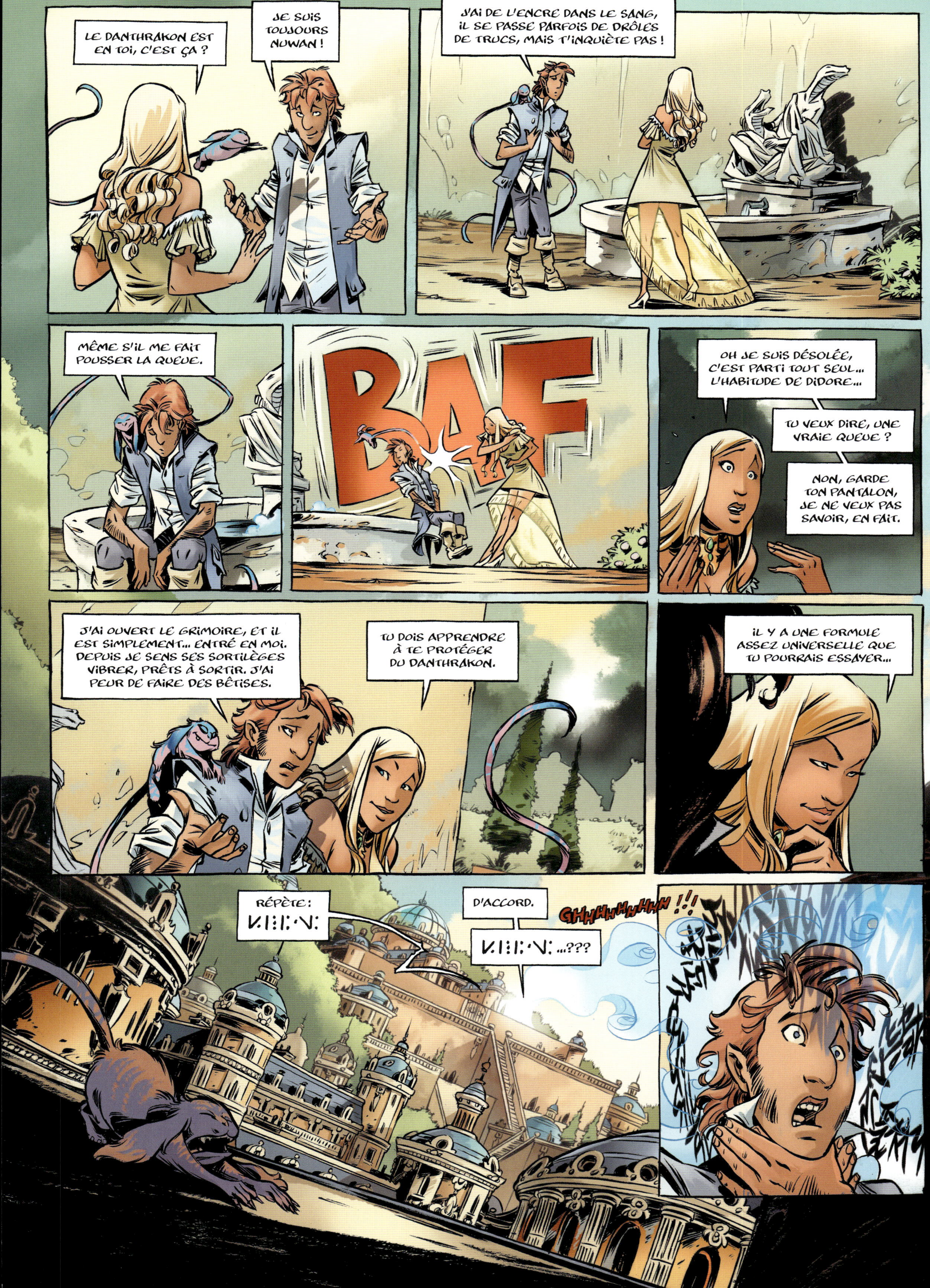
LE DANTHRAKON EST EN TOI, C'EST ÇA ?
JE SUIS TOUJOURS NUWAN !
J'AI DE L'ENCRE DANS LE SANG, IL SE PASSE PARFOIS DE DRÔLES DE TRUCS, MAIS T'INQUIÈTE PAS !
MÊME S'IL ME FAIT POUSSER LA QUEUE.
BAF
OH JE SUIS DÉSOLÉE, C'EST PARTI TOUT SEUL... L'HABITUDE DE DIDORE...
TU VEUX DIRE, UNE VRAIE QUEUE ?
NON, GARDE TON PANTALON, JE NE VEUX PAS SAVOIR, EN FAIT.
J'AI OUVERT LE GRIMOIRE, ET IL EST SIMPLEMENT... ENTRÉ EN MOI. DEPUIS JE SENS SES SORTILÈGES VIBRER, PRÊTS À SORTIR. J'AI PEUR DE FAIRE DES BÊTISES.
TU DOIS APPRENDRE À TE PROTÉGER DU DANTHRAKON.
IL Y A UNE FORMULE ASSEZ UNIVERSELLE QUE TU POURRAIS ESSAYER...
RÉPÈTE :
D'ACCORD.
...???
GHHHHHHHHHN !!!

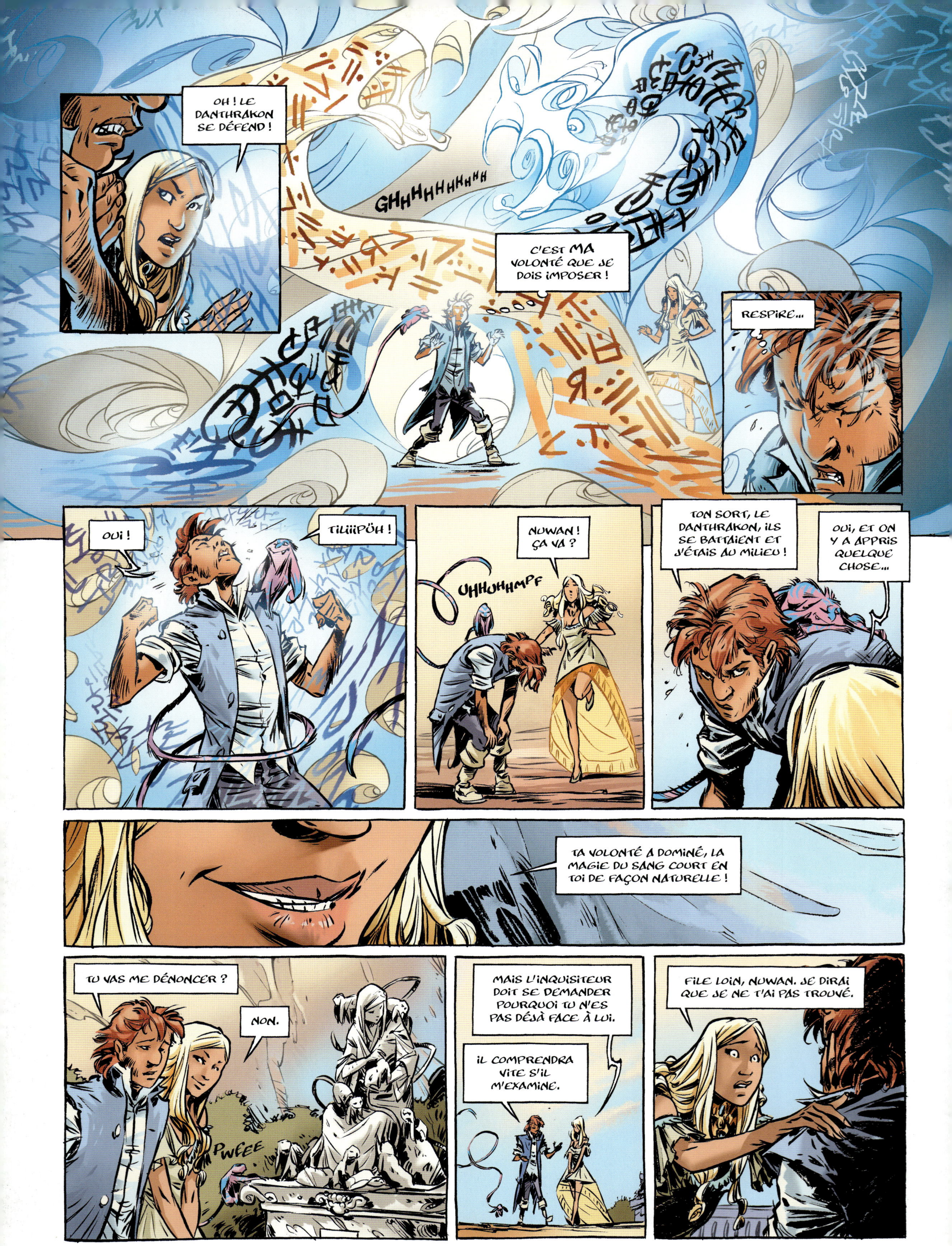
OH ! LE DANTHRAKON SE DÉFEND !
GHHHHHHHHH
C'EST MA VOLONTÉ QUE JE DOIS IMPOSER !
RESPIRE...
OUI !
TILIIIPÖH !
NUWAN ! ÇA VA ?
UHHUHHMPF
TON SORT, LE DANTHRAKON, ILS SE BATTAIENT ET J'ÉTAIS AU MILIEU !
OUI, ET ON Y A APPRIS QUELQUE CHOSE...
TA VOLONTÉ A DOMINÉ, LA MAGIE DU SANG COURT EN TOI DE FAÇON NATURELLE !
TU VAS ME DÉNONCER ?
NON.
PWEEE
MAIS L'INQUISITEUR DOIT SE DEMANDER POURQUOI TU N'ES PAS DÉJÀ FACE À LUI.
IL COMPRENDRA VITE S'IL M'EXAMINE.
FILE LOIN, NUWAN. JE DIRAI QUE JE NE T'AI PAS TROUVÉ.

ILS SONT LÀ !
FUIS VITE ! JE TE RETROUVERAI !
LERËH, TU NE PEUX PAS RESTER.
ELLE EST COMPLICE ! ON LES TIENT !
VOS ORDRES, INQUISITEUR ?
DÉPLOYEZ-VOUS.
JE VOUS L'AVAIS DIT, INQUISITEUR ! CE NUWAN EST UNE ABOMINATION !
IL Y A UNE PETITE PORTE EN BAS, QUI DONNE SUR LES ESCALIERS...
TILIPÖÖH !
HUK !

NE T'ARRÊTE PAS ! AVANCE !
C'EST ENCORE LE GRIMOIRE ?
?!?
SHBKONK KRASH
MAISEUH !
GHHHHHHHHH
ARRÊTEZ, MADAME !
BONG
BUNG
BING
FAITES-EN DES PETITS CAILLOUX ! RÉDUISEZ-LES EN GRAVIER !
SKINNGGZZ !!!
BLAM
WAIIILLLEEE !
INCAPABLES !

ÇA VA ?
WHOH !
L'INQUISITEUR A LANCÉ UN SORT ET J'AI SENTI UNE SACRÉE DÉCHARGE !
MAIS TU VOIS QUOI QUAND TES YEUX DEVIENNENT BIZARRES ?
CE QUI SE PASSE LÀ OÙ LA MAGIE DU DANTHRAKON AGIT. ET LÀ C'EST FINI !
PWEEEE
C'EST BON, TINPUZ, ON SAIT QU'ILS SONT TOUJOURS APRÈS NOUS !
TWWIIIIRRRRT !
TWWIIIIRRRRT !
TWWIIIIRRRRT !
TU SAIS OÙ TU VAS ?
J'AI GRANDI DANS LES RUELLES PRÈS DU PORT : DANS LA BASSE-VILLE, ON PEUT LES PERDRE.

ENCORE DEUX VIRAGES ET ON ARRIVE SUR L'ARRIÈRE DU MARCHÉ !
J'AI UN ONCLE QUI TIENT UN COMMERCE DE VAISSELLE, IL NOUS CACHERA LE TEMPS DE TROUVER UNE SOLUTION.
GWUNNNN
JE...
URKH ?!?
NUWAN !
PWEEE
AU MARCHÉ... SE CACHER... AVANCER !
PWEEE
PWEEE
PWEEE
PWEEE
PWEEE

DES SERVICES AUSSI ÉLÉGANTS QUE SOLIDES ! REGARDEZ LA FINESSE DES MOTIFS...
EEHHH... !
VRAHLABRANK
KLINGZ
DU SANG ! IL EST BLESSÉ !
C'EST DE L'ENCRE.
UNE ENCRE VIVANTE.
TWWIIIIRRRRT!
TWWIIIIRRRRT!
NUWAN...

JE VOULAIS JUSTE... ÊTRE LE PREMIER MAGE CUISINIER...
MAIS... LERËH ! NUWAN ! QU'EST-CE QUE VOUS FAITES LÀ ? IL SE PASSE QUOI ?
IL EST MALADE ?
IL A UNE FLÈCHE DANS LE DOS ! ET C'EST QUOI, CETTE ENCRE ?!?
RESTE EN DEHORS DE ÇA, GARMAN.
IL N'EST PAS NORMAL DU TOUT, LÀ...
GHHHHHHHHHH
... DU TOUT DU TOUT !
SON POTENTIEL EST INCROYABLE !
ÉCARTEZ-VOUS !

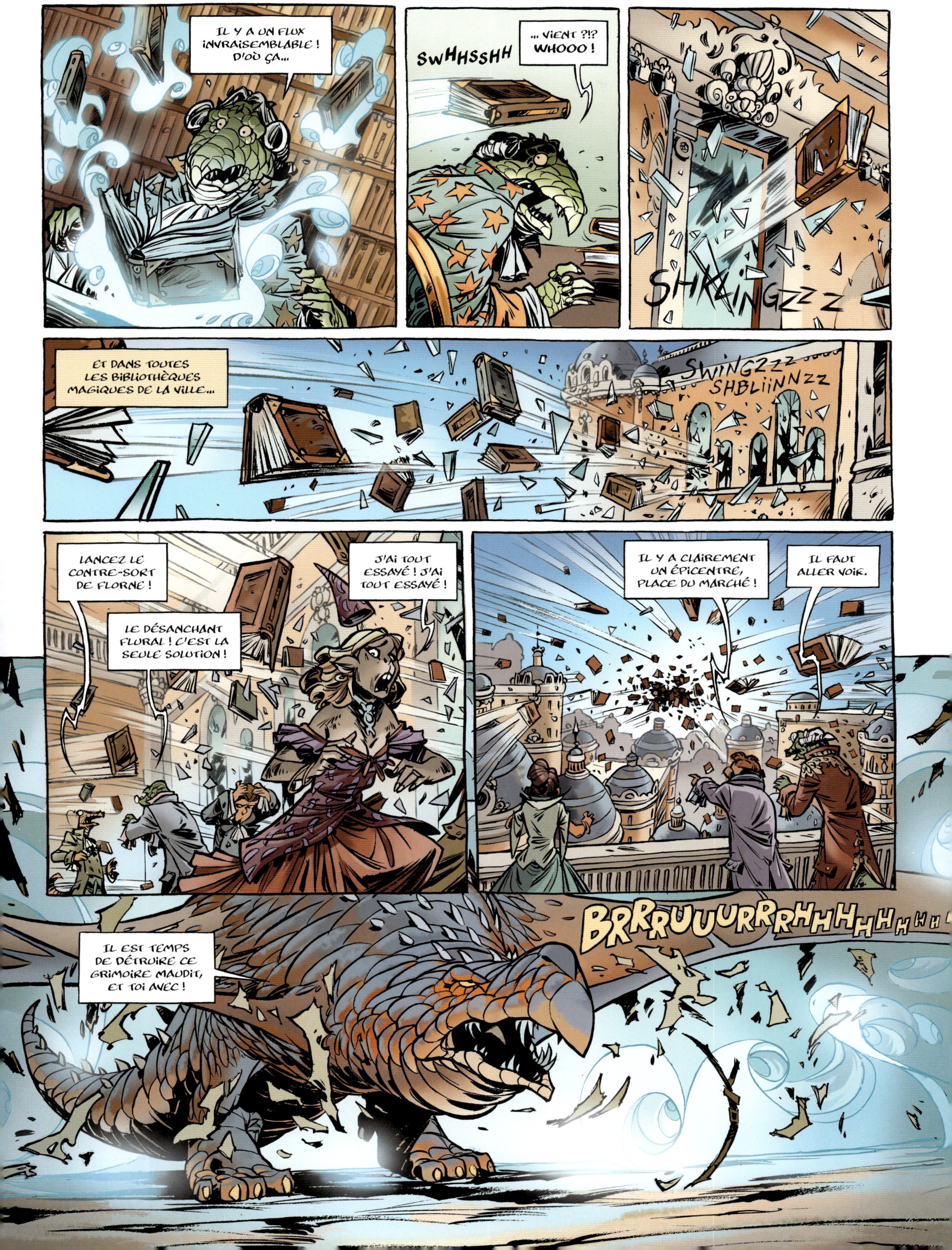
IL Y A UN FLUX INVRAISEMBLABLE ! D'OÙ ÇA...
SWHHSSHH
... VIENT ?!? WHOOO !
SHKLINGZZZ
ET DANS TOUTES LES BIBLIOTHÈQUES MAGIQUES DE LA VILLE...
SWINGZZZ
SHBLIINNZZ
LANCEZ LE CONTRE-SORT DE FLORNE !
LE DÉSANCHANT FLURAL ! C'EST LA SEULE SOLUTION !
J'AI TOUT ESSAYÉ ! J'AI TOUT ESSAYÉ !
IL Y A CLAIREMENT UN ÉPICENTRE, PLACE DU MARCHÉ !
IL FAUT ALLER VOIR.
BRRRUUURRRHHHHHHHH
IL EST TEMPS DE DÉTRUIRE CE GRIMOIRE MAUDIT, ET TOI AVEC !

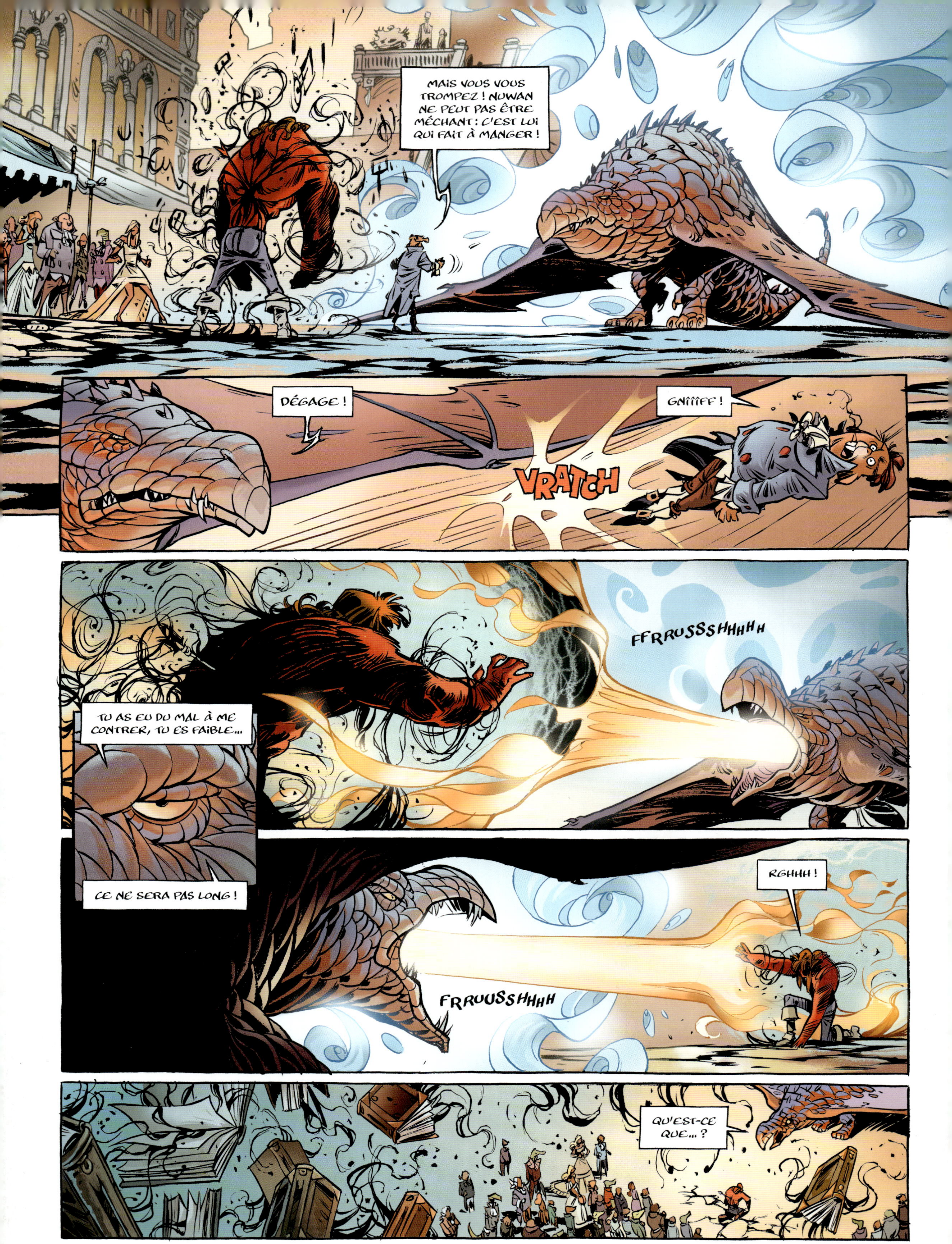
MAIS VOUS VOUS TROMPEZ ! NUWAN NE PEUT PAS ÊTRE MÉCHANT : C'EST LUI QUI FAIT À MANGER !
DÉGAGE !
GNÎÎÎFF !
VRATCH
FFRRUSSSHHHHH
TU AS EU DU MAL À ME CONTRER, TU ES FAIBLE...
CE NE SERA PAS LONG !
RGHHH !
FRRUUSSHHHH
QU'EST-CE QUE... ?

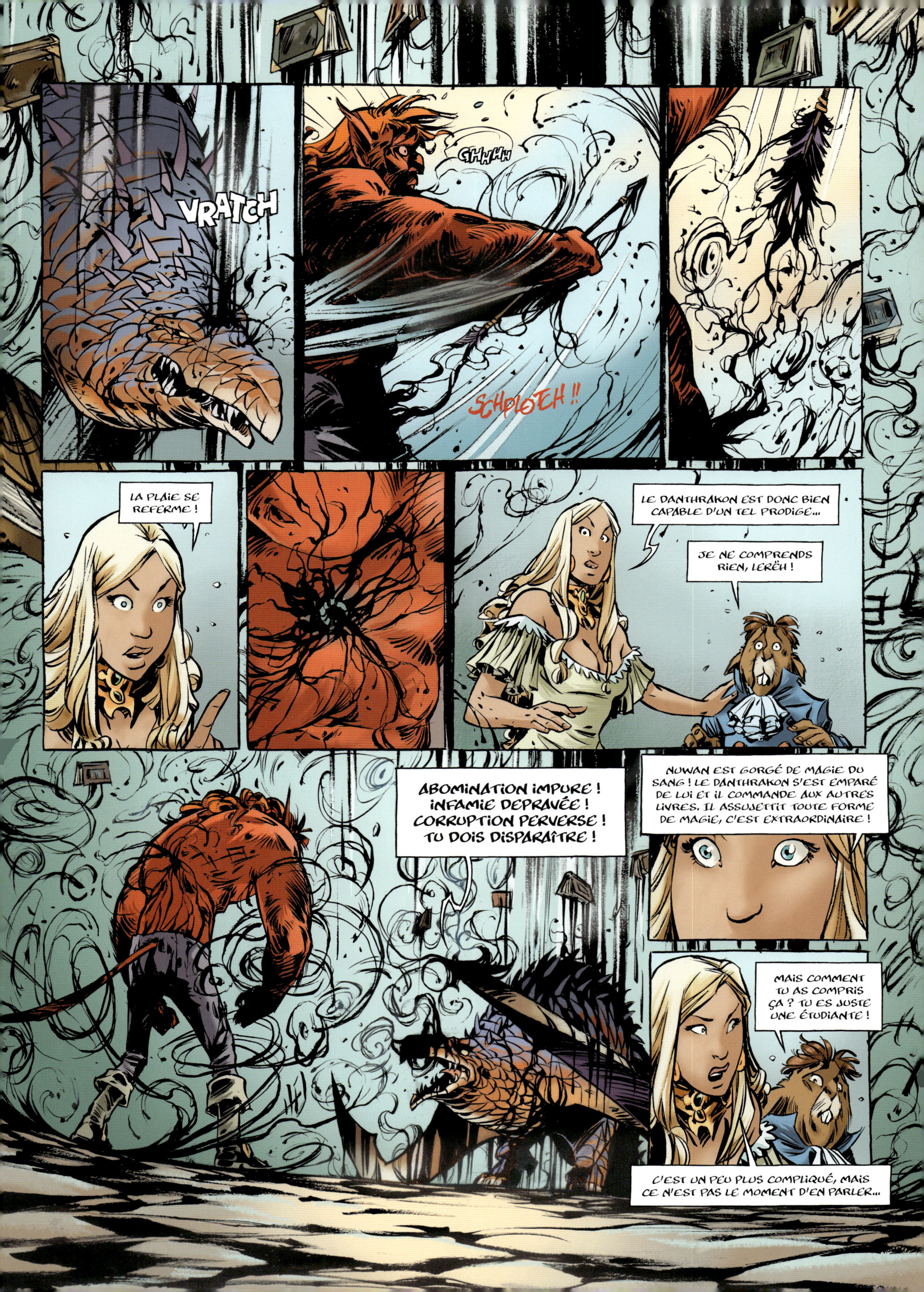
VRATCH
GHHHH
SCHPLOTCH !!
LA PLAIE SE REFERME !
LE DANTHRAKON EST DONC BIEN CAPABLE D'UN TEL PRODIGE...
JE NE COMPRENDS RIEN, LERËH !
ABOMINATION IMPURE ! INFAMIE DEPRAVÉE ! CORRUPTION PERVERSE ! TU DOIS DISPARAÎTRE !
NUWAN EST GORGÉ DE MAGIE DU SANG ! LE DANTHRAKON S'EST EMPARÉ DE LUI ET IL COMMANDE AUX AUTRES LIVRES. IL ASSUJETTIT TOUTE FORME DE MAGIE, C'EST EXTRAORDINAIRE !
MAIS COMMENT TU AS COMPRIS ÇA ? TU ES JUSTE UNE ÉTUDIANTE !
C'EST UN PEU PLUS COMPLIQUÉ, MAIS CE N'EST PAS LE MOMENT D'EN PARLER...

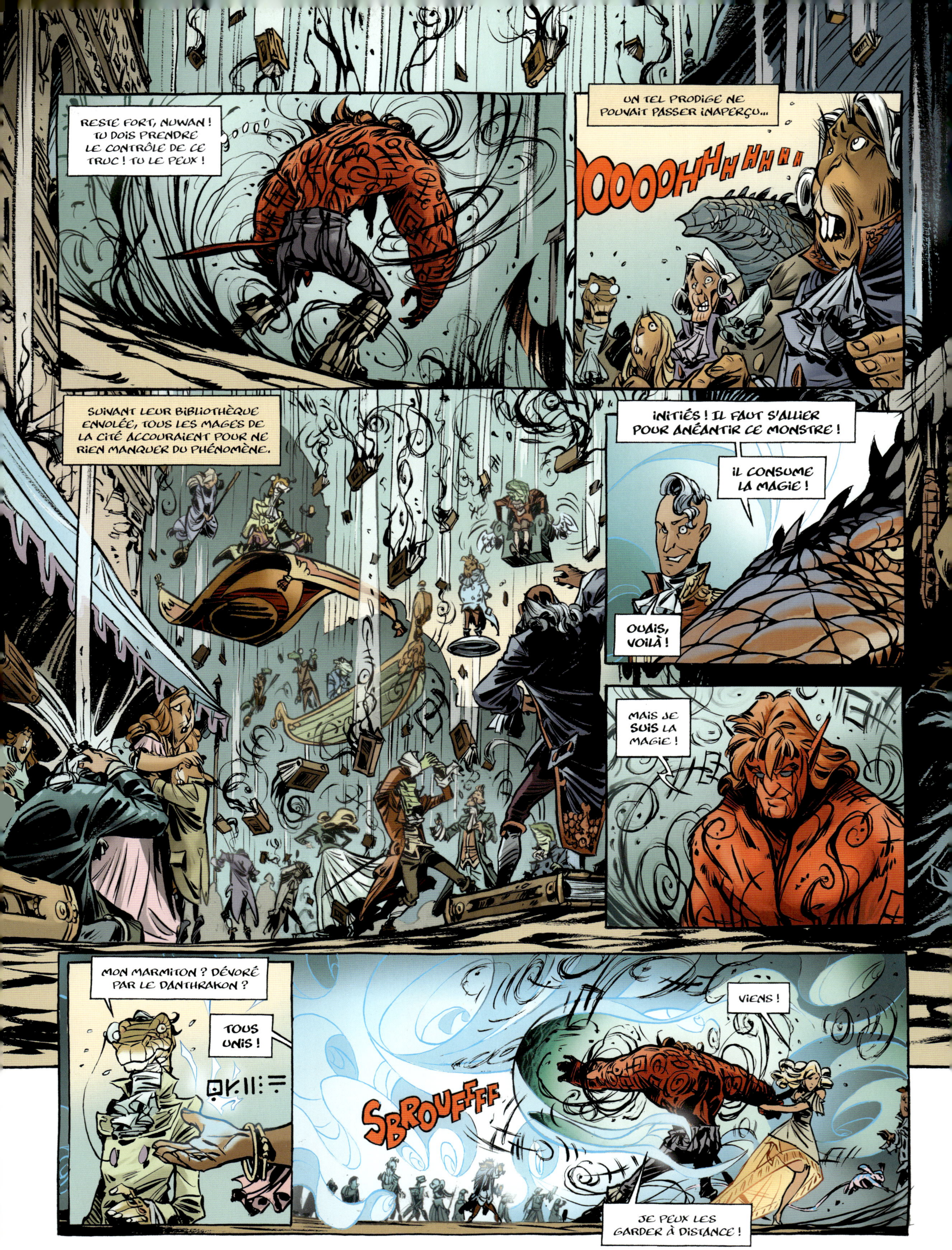
RESTE FORT, NUWAN ! TU DOIS PRENDRE LE CONTRÔLE DE CE TRUC ! TU LE PEUX !
UN TEL PRODIGE NE POUVAIT PASSER INAPERÇU...
OOOOOHHHHHHH
SUIVANT LEUR BIBLIOTHÈQUE ENVOLÉE, TOUS LES MAGES DE LA CITÉ ACCOURAIENT POUR NE RIEN MANQUER DU PHÉNOMÈNE.
INITIÉS ! IL FAUT S'ALLIER POUR ANÉANTIR CE MONSTRE !
IL CONSUME LA MAGIE !
OUAIS, VOILÀ !
MAIS JE SUIS LA MAGIE !
MON MARMITON ? DÉVORÉ PAR LE DANTHRAKON ?
TOUS UNIS !
SBROUFFFF
VIENS !
JE PEUX LES GARDER À DISTANCE !

BONK
BUNK
AÏE
IIIIIIK !
TU TIENDRAS PAS, ÇA VA VITE TE CONSUMER. IL FAUT FILER !
JE... JE...
JE VIENS AVEC VOUS !
RESSAISISSEZ-VOUS ! ILS NE PEUVENT PAS ALLER LOIN !
OH NON...
ARRHHH !
BRONK
INQUISITEUR AMUTU ?
TOUT VA BIEN ?

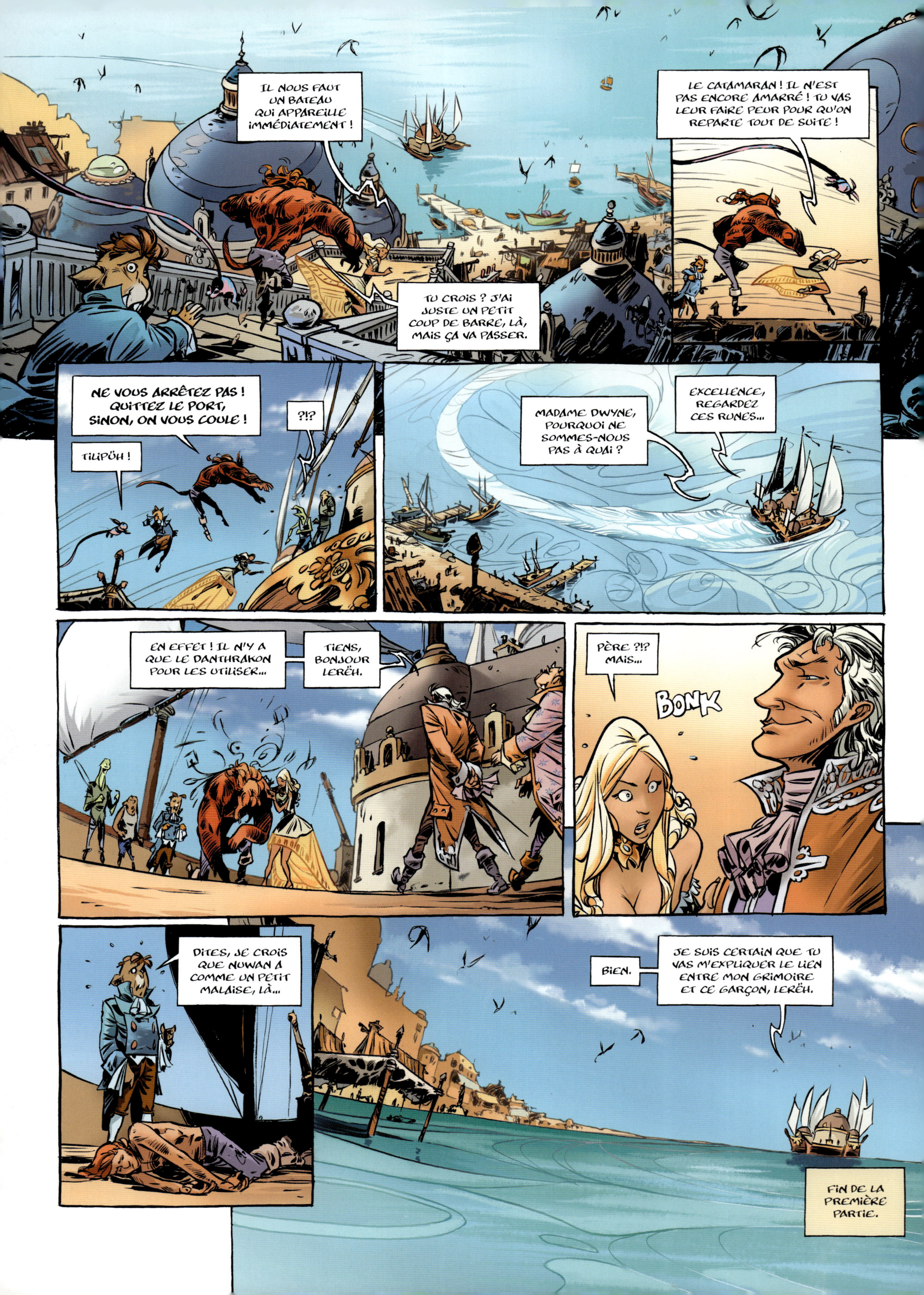
IL NOUS FAUT UN BATEAU QUI APPAREILLE IMMÉDIATEMENT !
TU CROIS ? J'AI JUSTE UN PETIT COUP DE BARRE, LÀ, MAIS ÇA VA PASSER.
LE CATAMARAN ! IL N'EST PAS ENCORE AMARRÉ ! TU VAS LEUR FAIRE PEUR POUR QU'ON REPARTE TOUT DE SUITE !
NE VOUS ARRÊTEZ PAS ! QUITTEZ LE PORT, SINON, ON VOUS COULE !
?!?
TILIPÖH !
MADAME DWYNE, POURQUOI NE SOMMES-NOUS PAS À QUAI ?
EXCELLENCE, REGARDEZ CES RUNES...
EN EFFET ! IL N'Y A QUE LE DANTHRAKON POUR LES UTILISER...
TIENS, BONJOUR LERËH.
PÈRE ?!? MAIS...
BONK
DITES, JE CROIS QUE NUWAN A COMME UN PETIT MALAISE, LÀ...
BIEN.
JE SUIS CERTAIN QUE TU VAS M'EXPLIQUER LE LIEN ENTRE MON GRIMOIRE ET CE GARÇON, LERËH.
FIN DE LA PREMIÈRE PARTIE.

DANTHRAKÔN

Cahier graphique

Illustrations : Olivier Boiscommun
Commentaires : Christophe Arleston

Il était rare que le chef Rumbopöh sortît sans sa toque cérémonielle, insigne de sa fonction. En ces occasions il se montrait plus attentif encore qu'à l'accoutumée à la fraîcheur des provendes qu'il négociait et marchandait chaque radis comme s'il se fut agi d'un diamant. Nuwan s'en sentait parfois affligé et aurait aimé être ailleurs, mais sa honte disparaissait face à la menace d'un coup de cuiller en bois sur le coin du crâne.

Malgré la discipline de fer des fourneaux, Nuwan nourrissait des ambitions démesurées : apprendre à lire et à écrire ! La jolie Lerëh l'y aidait, bien que la concentration en sa présence ne fût point toujours aisée. Il arrivait souvent que le marmiton ait le plus grand mal à garder ses yeux rivés sur l'ouvrage étudié, le corsage de Lerëh recelant des trésors nuisibles à un apprentissage serein.

Six races cohabitent en plus ou moins parfaite intelligence. Aux côtés des humains, on trouve les **kohatolas**, batraces dont le chef Rumbopöh est un exemple qui fait honneur à son peuple, des **bursus**, plantigrades plutôt bienveillants au physique puissant, des **nabires**, dragonidés querelleurs habiles à l'intrigue, des **mandrioles**, reptiliens à la mauvaise vue, très représentés chez les intellectuels...

Et, de loin les plus nombreux, les **Kobls** sont des rongeurs de constitution et de taille variables : certains peinent à grimper sur une table basse, d'autres arrivent presque aux épaules d'un humain. Doués d'un indéniable sens de la communication et, très souvent, d'une passion pour les chiffres, ils font d'excellents commerçants.

C'est à partir de croquis pris sur le vif qu'ont été réalisées les illustrations qui ont rendu célèbre le marché de Kompiam, des neiges de l'Ajipur jusqu'aux confins de l'empire glamate.

Vous venez de lire l'histoire de Nuwan dans sa version la plus cohérente, mais, comme pour tous les contes colportés oralement à travers les siècles, il existe de nombreuses variantes correspondant à des traditions symboliques multiples. Pour plus de détails, je vous renvoie au Codex Myrtubille de Graniol l'Ancien, qui recense plus de 117 interprétations de ce qu'il nomme « Le Dit de Nuwan et Lerëh ».

Ce cahier graphique est réservé
à la première édition.

Retrouvez toutes les infos des univers
de Drakoo sur **drakoo.fr**
et sur les réseaux sociaux

PREMIÈRE ÉDITION - Dépôt légal : septembre 2019 - ISBN : 978-2-4907-3502-0

PEFC
PEFC/10-31-1800
PROMOUVOIR LA GESTION DURABLE DE LA FORÊT

Imprimé en France
Printed in France by PPO Graphic, 91120 Palaiseau

La fabrication de cet album répond au processus
de développement durable engagé par Bamboo édition.
Il a été imprimé sur du papier certifié PEFC.